沧海珠月集

高新庆 著

东方出版社

金日成主席接见《人民日报》社访朝新闻代表团。

　　1978年，受朝鲜《劳动新闻》邀请，《人民日报》社新闻代表团访问朝鲜人民民主共和国，受到朝鲜人民的伟大领袖金日成主席的亲切接见，并在主席府合影留念，图左起第六人为金日成主席，左起第五人为《人民日报》社社长、代表团团长胡绩伟，右起第三人为作者，参与接见并合影的有朝鲜领导人金永南等，代表团成员包括《人民日报》社理论部主任李玉田、文艺部主任田中洛（袁鹰）、国际部施大鹏、驻朝记者徐宝康等人。

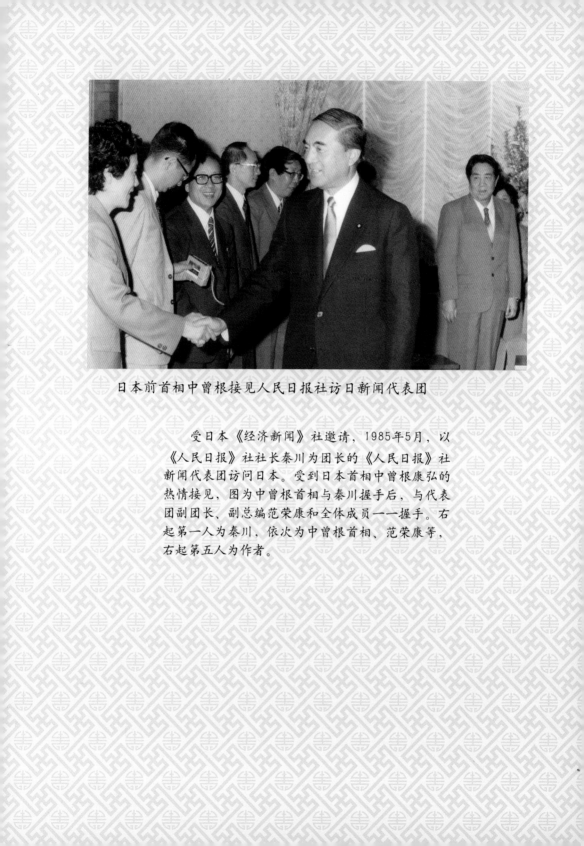

日本前首相中曾根接见人民日报社访日新闻代表团

　　受日本《经济新闻》社邀请，1985年5月，以
《人民日报》社社长秦川为团长的《人民日报》社
新闻代表团访问日本。受到日本首相中曾根康弘的
热情接见，图为中曾根首相与秦川握手后，与代表
团副团长、副总编范荣康和全体成员一一握手。右
起第一人为秦川，依次为中曾根首相、范荣康等，
右起第五人为作者。

作者父亲高时来与母亲唐荷英合影，1988年冬摄于江西彭泽县瀼溪镇故居

作者母亲唐荷英，2002年摄于北京家中

　　本书作者与《沧海珠泪集》序作者，著名军旅诗人、书法家、辽宁省原省委常委、辽宁省军区政委、作者挚友刘慎思将军在一起。2010年12月12日摄于沈阳。

　　作者与忘年之交，山东宏艺科技股份有限公司董事长赵洪义先生合影。2010年冬摄于山东宏艺科技公司东厂。

作者与夫人尤振兰2001年摄于荣成市海滨公园

2001年摄于荣成市海滨公园

　　作者（中）与忘年之交——山东宏艺科技股份有限公司董事长兼总经理赵洪义先生（右一）、"草根学者"阳明宇先生（左一）在一起。2010年秋摄于临沂市王羲之故居洗砚池畔。

　　金台园之吟。2009年夏摄于人民日报社金台园。

1984年夏，作者与江西省委办公厅领导、江西记者站赵相如一起，陪同《人民日报》社社长胡绩伟同志考察江西，图为胡绩伟考察游览彭泽县龙宫洞，这是在龙宫洞前摄影。右起第二人为胡绩伟，右起第一人为当时彭泽县委副书记汪汉庆同志，右起第三人为作者，后为赵相如同志。

长城之思。1989年秋摄于长城。

日本之夜。1985年5月7日摄于日本大阪。

　　2001年春，作者在山东荣成市与一对新人合影。在该市采访时，市委书记腾宝玉同志陪同考察市容市貌，在荣成市广场，遇见一对新人拍结婚照，他们认识市委腾书记，盛情邀请我们一行人一起拍照合影，大家喜气洋洋，祝一对新人夫妻和合、日久天长。新人右侧为腾书记，左侧为作者。

2007年11月18日作者携女儿高瑞步入婚姻庆典

　　一对新人高瑞（后左四）、于东（后左五）与娘家至亲合影，前排左起母亲尤振兰、大伯高元庆、父亲高新庆、堂叔高国庆，后排左起大姐高月琴、二姐高月华、四姐高宏伟；后排右一是妹妹高汾，右二是二嫂王九和，右三是堂婶赵芳。

作者七十寿宴主桌席

　　2010年3月8日（农历庚寅年正月二十三日），作者69岁，按男作九习俗，7日，女儿高瑞、高汾、女婿于东在"天府食府"摆宴，宴请彭泽老友、老乡，及其他亲朋，图为主桌席上，作者老同学、挚友、原中华环保基金会副秘书长、中国环境科学协会副秘书长周志中致祝寿词（站起者）；中穿红衣者为作者；左三为老同学、挚友，原民政部政策研究中心主任兼民政部办公厅副主任，现任中华社会救助基金会秘书长时正新；左四是作者同乡、挚友、人民出版社教育出版中心主任、人民东方（北京）书业有限公司总裁王德树；右一为忘年之交"草根学者"阳明宇；右二为作者老乡、挚友、远程教育学院院长孙勇；中科院成果转化局领导郎秋生；作者任女婿黄钢汉等。

敢辯是非護正氣

新慶先生大雅 教政

不隨塵俗真丈夫

九十老人陶博吾

陶博吾赠高新庆楹联：

敢辨是非护正义　　不随尘俗真丈夫

陶博吾，陶渊明嫡传后裔，江西彭泽人，作者同乡。名文，别署白湖散人，1900年出生，是大器晚成的书画大师。1929年考入南京美专，后因战事，转考入上海昌明艺专，直接进入二年级，师从潘天寿、黄宾虹大师。尤其黄宾虹博大的胸怀、精湛技艺、高尚人品，对陶博吾一生产生了深远的影响。

陶文，诗词造诣很深，早年诗词颇有乃祖陶渊明遗风，"仰首一长歌，湖波尽浩荡"、"兴来畅游三江水，醉卧横眠五老云"……舒适、恬淡、超脱；但日寇入侵，击碎了田园牧歌生活，而颠沛流离，面对日寇杀戮，他奋笔疾首："此仇此恨何时雪？漫对山河空凄绝？男儿宁为雄死鬼，赤血丹心不可灭，倭奴，倭奴，我将食汝肉而饮汝血，戴天之仇才可雪"，"此行不饮倭奴血，誓死黄河古道旁"。真是慷慨悲歌，感天地而泣鬼神。

陶文书法，成绩尤著。得意于吴昌硕大师的影响和黄宾虹大师的教诲，驱遣百家，机参造化，临池实践，深思敏悟，自成家法。有专家评说他"在生动随意趣味变化方面比吴缶老(即吴昌硕，别号缶庐、苦铁)略高一筹。"

陶文之画，不仅得古人的画理、画法的精髓，并得古人之心，进而外师造化，得自然之灵气，特别注意独创精神，画之个性，最难与其俦。上海吴昌硕研究会的同仁看过他的画惊异地说："过去以为吴昌硕的学生中，跳出吴昌硕的只有一个潘天寿，现在看还有一个陶博吾。"他的画，看似平淡无奇的景物，又与真实形象相距甚远。但这似又不似，不似又似，却体现高远的诗境。诗中有画、画中有诗，诗词书画融为一体，堪称上品佳作。

1989年4月，陶博吾89岁时，由中国书法家协会、江西省文化厅和彭泽县政府，在北京中国美术馆和日本等地为其举办由启功题额的"陶博吾书画展"，轰动一时。作者有幸在北京中央美术馆采访、参观，并在人民日报予以宣传报道，临别时，陶老赠上述书法长联给作者，以资鼓励留念。这幅长联一直激励着作者。以后陶老曾给作者写信，诉说房屋拆迁，生活不便，作者曾将此信转交时任南昌市长的程安东同志（以后调任江西省长助理、副省长、陕西省省长），在程安东同志亲自关心、关怀下，解决了一套住房。之后，听说1996年6月6日，陶老溘然长逝，享年96岁。呜呼，悲哉、痛哉，先生一生坎坷，早年因"革命党人"罪为反动政府所通缉，之后又以"莫须有"的"反革命"罪而被褫夺公职，徙流困辱达20年之久。晚年平反，冤才申雪。正当踏上思想艺术巅峰之际，又长辞人间。先生可谓："诗词书画堪称绝，更有正气满乾坤"！

刘慎思书高新庆词《水调歌头·镇北台》

刘慎思将军、著名军旅诗人、书法家、辽宁省军委常委、辽宁省原省委常委、作者挚友。

刘将军这幅书法作品苍劲雄奇，笔走龙蛇，首尾相应，浑然天成，实为难得的书法珍品。

作者《沧海珠泪集》出版之际，刘将军不仅为诗集热情作序，并特意以此珍品书法相赠，题款称作者这阕填词："大气磅礴、气势恢弘，品位无穷，堪称《水调歌头》之佳作矣"，实为对作者的鼓励，作者倍感欣慰。

刘明星赠高新庆荷花画

刘明星，中国国际收藏家协会主席、当代中国著名画家，作者挚友。

李树基赠《江南水乡》油画

　　李树基，国家一级画师，美术师，1943年生，1968年毕业于鲁迅美术学院，曾长期供职于辽宁省画院，曾任辽宁画院副院长。尤擅油画，他的宏大叙事油画成为新中国油画史上的光彩夺目篇章。早在2000年，他应新加坡政府之邀，受命创作了以孙中山先生所讲"华侨是革命之母"为主题的鸿篇巨制《孙中山在南洋》。新加坡政府列为国家第一大画，以镇国之宝珍藏于新加坡"晚清园"孙中山纪念馆。而他通过一个多月在西藏考察为基础创作的《走进新西藏》，以高尚的爱国情怀，有力展示了新西藏的新生活、新风貌、新情怀，痛斥民族分裂主义的分裂罪行，热情讴歌了民族团结、民族和谐和祖国统一。

　　李树基长年旅居国外，在国外多次举办个人画展，有很大影响力。在印尼，先后多次受到苏哈托总统、梅加瓦蒂总统、苏西洛总统的多次接见和宴请，并为诸总统画像，并被印尼总统府授予"最高奖励"的证书；在新加坡，曾受邀为内阁资政李光耀夫妇，吴作栋总理画像，并受到多次接见。

　　欢庆国庆六十周年之际李树基第一次在北京举办个人画展，诗作者与老友、辽宁省原省委常委、辽宁省军区政委刘慎思将军联合为画展作序言，从此结识了中外知名的大画家。《沧海珠泪集》出版，承蒙赠画祝贺，特表谢意！

刘明星赠高新庆荷花画

　　刘明星，中国国际收藏家协会主席、当代中国著名画家，作者挚友。

李树基赠《江南水乡》油画

　　李树基，国家一级画师，美术师，1943年生，1968年毕业于鲁迅美术学院，曾长期供职于辽宁省画院，曾任辽宁画院副院长。尤擅油画，他的宏大叙事油画成为新中国油画史上的光彩夺目篇章。早在2000年，他应新加坡政府之邀，受命创作了以孙中山先生所讲"华侨是革命之母"为主题的鸿篇巨制《孙中山在南洋》。新加坡政府列为国家第一大画，以镇国之宝珍藏于新加坡"晚清园"孙中山纪念馆。而他通过一个多月在西藏考察为基础创作的《走进新西藏》，以高尚的爱国情怀，有力展示了新西藏的新生活、新风貌、新情怀，痛斥民族分裂主义的分裂罪行，热情讴歌了民族团结、民族和谐和祖国统一。

　　李树基长年旅居国外，在国外多次举办个人画展，有很大影响力。在印尼，先后多次受到苏哈托总统、梅加瓦蒂总统、苏西洛总统的多次接见和宴请，并为诸总统画像，并被印尼总统府授予"最高奖励"的证书；在新加坡，曾受邀为内阁资政李光耀夫妇，吴作栋总理画像，并受到多次接见。

　　欢庆国庆六十周年之际李树基第一次在北京举办个人画展，诗作者与老友、辽宁省原省委常委、辽宁省军区政委刘慎思将军联合为画展作序言，从此结识了中外知名的大画家。《沧海珠泪集》出版，承蒙赠画祝贺，特表谢意！

诗集

目录

目录 CONTENTS

第一篇章 无情未必真豪杰　　　016

诗集目录

CONTENTS

诗集目录 CONTENTS

诗集录 目ONTENTS

诗集目录 CONTENTS

第三篇章 观今宜鉴古   /098

诗集目录
CONTENTS

第四篇章 致知首重格物功   /114

诗集目录 CONTENTS

诗集目录 CONTENTS

诗集目录 CONTENTS

诗集目录 CONTENTS

第五篇章　晚来信步仍从容 　　　　　　　　/172

诗集目录 CONTENTS

序言——情如灵泉境似渊

刘慎思

当《沧海珠泪集》面世时，我想告诉广大读者，这是一部真实纪录、反映我相交相知数十年的挚友、人民日报资深高级记者高新庆先生心路历程的诗集。长期的记者生涯，深入而多彩的采访实践，特殊的经历与磨难，丰富而又跌宕起伏的感情生活，把祖国、人民的命运同自己的命运紧紧联系在一起的大爱博爱情怀，发自灵魂深处的呐喊与歌吟，酿造了这位记者诗人思想深刻、内涵隽永，哲理思辨，意境深远的"无邪"诗行。我深信这些用心血写成的诗，能够锁住读者欣赏的目光，引起读者的无尽遐思与内心共鸣。

缘分很奇妙，总是出人意料而又体现某种必然。谁也没想到，"文革"的10年动乱，却成就了我们患难之谊。当年他是人民日报记者，我是解放军报记者、中央机关联络员，分别受组织派遣到安徽。在硝烟弥漫却分不清敌人的战场，对是非善恶的分辨只能凭共产党员的党性、良知与正直以及对国家、对人民的责任感。特殊年代的同声相应、同气相求，使我俩成为了心灵相通、思想默契的挚友。且数十年中，这份情谊如陈年老酒、越陈越香醇。读他的诗作，无异故交间的情意交流。因此，他嘱我为诗集作序，在应允的同时更倍感欣慰。

我不是诗人，但不乏诗兴；虽佳作欠丰，却出版过几本诗集。因此，既然有这个论诗的平台，也就借此谈谈我对诗的认知。

中国是诗的国度。如果没有诗，一部中国文学史，便了无韵味可言。诗词歌赋，琴棋书画，是建构中国文人的基本元素。所以，中国的文人有相当一部分均属骚客。文采风流，多借诗词歌赋来展示。不会赋诗填词，便有略输文采，稍逊风骚之憾。

我虽被袍泽谬奉为军旅诗人，其实，过去的我只不过喜好赋诗而已，并未进入诗的自由王国。这些年，在赋诗的同时，对什么是诗才略有思考，形成了自己的一孔之见：

上古时代，诗、歌、舞三者原本一体。正如《毛诗序》所说："诗者，志之所在也。在心为志，发言为诗。情动于中而形于言，言之不足，故嗟叹之，嗟叹之不足，故咏歌之，咏歌之不足，不知手之舞之足之蹈之也"，这就是上古的淳朴。离开了情不自禁，也就没有诗，没有歌，没有舞。有诗无非效呻吟，有歌无非赛嗓音，有舞无非比形体。一切生命，不在载体，而在于灵魂。诗的灵魂在一个"情"字，无情则无诗，这是我从古诗中所品出的诗魂。如《红楼梦》中林黛玉焚诗，欲焚的并非由白纸黑字所构成的诗笺，而是欲焚去诗笺所承载的那份对贾宝玉的痴情。

今人品诗、论诗，立足格律，着眼平仄，看重对仗，无可厚非。"云对雨，雪对风，晚霞对晴空，来鸿对去雁，飞鸟对鸣虫。三尺剑，六钧弓，岭北对江东，人间清暑殿，天上广寒宫……"不仅抑扬顿挫，朗朗上口，而且，那种由对称所显现出的阴阳和谐之美，更是让人有美不胜收之感。然而，外在结构的美只为抒发内在的真情而存在，对称的美与情感的真二者之间的关系仅表现在绿叶映红花的相得益彰上。首先得衬托出红花的妩媚，其次才会有绿叶自身的滴翠。没弄明白这一点，就是本与末的倒置，就没有上乘之诗作。

《全唐诗》收录诗作五万余首，真正脍炙人口的上品却不多。而既便上乘之作，要严格按格律、平仄、对仗论，其中不少诗作均有瑕疵。同时，声律平仄因人而异，中国幅员辽阔，到底有多少种方言，恐怕到现在语言学界也不一定能弄清楚。同一语系中不同方言，对同一个字发音不同，平仄关系就可能把握不准。所以，我认为赋诗、品诗当首重一个情字。假如将格律强调到了无以复加的地步，格律诗便有蜕变成一种文字声韵游戏的危险。

《诗经》三百零五首诗作，如果语言学界没有证实西周而后声韵曾发生过重大的变迁，那么，就得承认《诗经》并不过多地讲究叶韵这一事实。然而，尽管有声无韵，却能声情并茂。一咏三叹中，凸显的只是真情。经者，典范也；诗经者，诗作典范之谓也。诗三百之所以成为诗的典范，正是因为这条诗河中流淌着滔滔真情。学者们品评《诗经》，普遍认为风、雅、颂三类诗作，风的价值要远胜于雅、颂，评判的标准想必只以情为度量衡。

情由爱生。这个爱便是孔子所倡导的仁。爱是一个对称体，老子讲对称辩证法，所讲的便是对称双方的玄同与齐一。有爱才会有恨、有情、有仇，才会派生出喜怒哀乐等情感。赋比兴是一切诗作表情达意的基本手法，赋即直陈其事，比即设喻比拟，兴即借题发挥。诗人的爱恨情仇与喜怒哀乐等情感，均是寓于所陈之事，所设之喻，所借之题中，从赋比兴的背后假如感受不出诗情，这样的诗便缺乏应有的精气神。

诗是有声的画，画是无声的诗，画中有诗情，诗中有画意。这个"意"便是诗境。孔子说："诗，可以兴（振奋精神），可以观（观风察俗），可以群（融和人际关系），可以怨（批评指斥时弊），迩之事父（孝），远之事君（忠）"，又说："诵诗三百，授之以政，不达；使于四方，不能专对；虽多，亦奚以为"？《毛诗序》也说："情发于声，声成文谓之音，治世之音安以乐，其政和；乱世之音怨以怒，其政乖；亡国之音哀以思，其民困。故正得失，动天地，感鬼神，莫近于诗。先王以是经夫妇，成孝敬，厚人伦，美教化，移风俗"，都是在阐述寓于诗境中诗的社会价值与功能作用。

文重主题诗尚境。一首好诗，必定少不掉内涵宽泛，常品常新的诗境。所谓仁者见仁，智者见智，仁也正确，智也不错，只存在于诗境里。境由心造，心正则境深，所以，孔子说到《诗经》的诗境，只用了三个字予以概括："思无邪"。"无邪"就是"正"，这个"正"有几层含义：一是率真。也就是真情实感的自然流露，无病呻吟不是诗；二是淳朴，不尚奢华。追求一种清水出芙蓉的自然美，华丽的词藻不是诗；三是内容健康，没有丝毫有伤风化的成分。诗的社会功能是陶冶情操，在中国诗歌史上，能够流传千古的诗歌，其旺盛的生命力均是表现在以"思无邪"的诗境陶冶后人，砥砺后人；四是动机纯正。诗三百，风、雅、颂风格虽多有不同，其中有讽，有怨，亦有刺，但有一点是共同的，均是基于纯正的动机而发，讽能切中要害，怨能促人警醒，刺能一针见血，直指时弊，痛陈利害，以匡执政之失。这正是诗及一切文学作品社会价值的体现。"诗无邪"关键在于品无邪，诗品显现人品，思正当以品正为基础。通过格物致知，使自己意诚心正，才能吟唱出"诗无邪"的上乘之作。无境无诗，诗的鲜活只体现在一个"境"字上。

基于这一体悟，我甚至觉得所谓诗，就是能够给人留下无限遐想空间，只要有一双形象思维的翅膀，便可在海阔天空的诗境中，做无拘无束的翱翔，且又能在美不胜收中，受其陶冶，收获哲理的韵文。流传千古的诗作，可以有时代背景，但其诗境却是超时空的。假如诗境为狭窄的时空所限，这样的诗便丧失了鲜活的生命力。

《沧海珠泪集》中的诗作，读者不难从格律方面挑出些许瑕疵，然而，只要善于品情入境，便不难品出每一首诗作所表达的情感均与时代的脉搏共跳跃，与国运的昌隆相协和；从高远的诗境中不难品出诗作者思想的深邃，眼光的犀利，嗅觉的灵敏，见解的独特，胸襟的宽广与心地的澄澈。

如要用言简意赅的凝练文字表达我对《沧海珠泪集》的总看法，可用十二字以蔽之：爱如潮，情如水，境似渊，思无邪。

最后，想通过这篇序言寄语各位退休的老同志：老夫倘能时时聊发少年狂，定会童心不泯，青春永驻，赋诗益生，这是我的千虑之一得。心怡曰健，体壮曰康，体壮是心怡之果，心怡是体壮之因。益生对健康的关注首重颐和与养心，讲究一个心态平和与心使气，养生则将实现健康的预期完全寄托在食物与药饵上。当舍本逐末成为时尚后，益生科学便蜕变成了公说公有理，婆说婆有理的、毫无科学根据的纷争之学，一些江湖骗子大行其骗财之道，也就不足为奇了。赋诗之所以能益生，因为无论是爱恨情仇还是喜怒哀乐都能得到及时渲泄，郁结在心便成块垒，阻滞气血的流畅，赋诗是渲泄种种情感的泄洪道，当情感的洪峰得以渲泄后，心气才能复归于平和。新庆老友虽届从心所欲不逾矩之龄，却只见童颜，不见鹤发，宝刀不老且老当益壮，这就是赋诗之益。

（序作者刘慎思将军系辽宁省委原常委、辽宁省军区政委）

《沧海珠泪集》结集缘起

高新庆

在我的忘年至交——山东宏艺科技股份有限公司董事长兼总经理赵洪义先生的一再鼓励、支持下，我终于鼓足勇气，给我这不是诗人写的这些诗，出一本自选集。比起诗词大家，我的这些诗词，只能是诗词业余爱好者的习作而已。

唐代著名诗人李商隐《锦瑟》诗中有一名句："沧海月明珠有泪，蓝田日暖玉生烟。"细细品味，韵味无穷。由此受到启发，特给自己这本小诗集，冠名以《沧海珠泪集》。

我是记者，不是诗人，也不曾想过成为诗人，但当感情拨动心弦时，我会如痴如醉地写下几行诗；而每一行诗句，也就自然成为情感发自内心的歌。

记者是"自由职业者"，我的那些诗，最不受诗词格律的束缚，而任由思想情感去驰骋，故可冠之："自由职业者"的"自由诗"。

古人云："诗三百篇大抵圣贤发愤之所为作也"。但我要说，我的诗，大都因爱而作。这"爱"，既包括"小爱"，更包括"大爱"，包含对祖国，对民族，对党，对天下苍生的爱。而后一种爱，就像对自己母亲一样，是儿子对母亲的孝敬、孝爱。正是母亲、祖国、人民和党生育养育培育了我，并为我提供了发展自我、展示人生的平台。把崇高的大爱献给母亲，献给祖国，献给人民，献给党，这是莫大的光荣，莫大的骄傲，莫大的快乐！

有爱就有憎，叫"爱憎分明"。这个"憎"，表现对社会种种丑恶现象，对践踏正义、真理，背叛人民的罪恶行径，进行毫不留情的揭露、鞭挞与批判。"憎"也是爱，正是有对母亲，对祖国，对人民的大爱，才会有如此鲜明的"憎"。

孔子《论语·为政》云："诗三百篇一言以蔽之，曰'思无邪'"。"思无邪"是诗追求的最高思想、艺术和美学境界，也是诗品、人品追求的最高境界。"思无邪"三字，学者解释纷纭，但很多解释似乎都未说到点子上，或有很多牵强附会之说。在我给挚友、原辽宁省军区政委、少将刘慎思同志的《赋闲咏怀》新诗词选集所作的序言《党魂军魂化诗魂》中，阐述了我的理解："思无邪"包含体现三个或四个互相联系、互为因果的内涵：其一，率真、纯朴、自然；其二，体现真、善、美；其三，完美、极致、无瑕疵。如果还要加上一条，就是，其四，动机纯正。如诗三百篇，"风、雅、颂"，风格不同，其中有讽，有怨，有刺，但有一点相同，都是痛陈利害，匡正时弊，发人警省，体现了良好的社会效益和社会价值。我不敢说我的这些小诗达到了这种境界，但"思无邪"的确是我毕生的追求，是一生未做完的梦。

本人有一个习惯，无论写诗、作文，没有灵感绝不动笔。灵感是什么？在我的第一本综合集《飞天梦》中有一段论述，去年在一本书批上又有进一步发挥。何谓灵感？书批上这样写道：她是人们进行某项创作或创造性思维过程中，突然爆发的思想闪电，明亮而耀眼；又似喷薄而出的朝阳，生气勃勃，光照大地；还像雨后彩虹，七彩缤纷。她带给人们的是男女交合中的激情和快感，并孕育、创造出新的生命。

"忽如一夜春风来，千树万树梨花开"。灵感有忽然性；而这种忽然性，则包含某种必然性，是"众里寻他千百度，蓦然回首，那人却在，灯火阑珊处"的执著追求的结果。所以，灵感首先赐福那些有强烈创新、创造意愿，又孜孜以求、锲而不舍的人们。

人生七十古来稀。虽值古稀之年，但我不服老。为啥？耳聪目明也，腿脚灵便也。故"老骥伏枥，志在千里"。希望从七十岁重新起步，虽不梦想铸造新的辉煌，但愿：夕阳晚照江花红，庄生梦断游太空。故以此诗集出版，给自己人生留下一段情感记忆；并以此诗集作起点，擂响自己重新起步的征程，完成自己的人生逍遥游。

今年，2010年，恰逢我老母辞世四周年，老父辞世二十周年。这本诗集出版，也是告慰我那终生信佛，怀着"普度众生"之心，一辈子行善、救人、做好事，上善若水，冰清玉洁的老母亲唐荷英和从不贪财、为人耿直、正派、朴实的农民老父亲高时来的在天之灵。以诗作贡，如歌如泣，希望老父、老母在天之灵能聆听到儿的心声。

2009年7月19日至20日子夜于北京文阁斋初稿
2010年10月9日定稿于山东省临沂市

思想者的咏叹调
——《沧海珠泪集》大印象

阳明宇

高新庆的名讳，在江西彭泽乡梓，妇孺尽知，属父老乡亲引以为荣的乡贤。当年，我祖母便将他用作励志、劝学的活教材，为我垂则。我与新庆大哥也许前生有段未了缘，故相见便能倾心恨晚，相识既成莫逆忘年。

作为人民日报社资深高级记者，新庆大哥以能感受风起于青苹之末的灵敏政治嗅觉，在各个不同历史阶段，发表一系列有思想，有见地，有深度，有胆识，能予社会以正确导向，予国是以有益参考，彰显记者良知与使命，获得庙堂及江湖首肯与认同的通讯、报道和时评，对于它们，读者并不陌生，但对他的诗作，以及通过诗作展示出的诗才，则鲜为人知。

七秩寿诞后，新庆大哥将其平素所赋诗词整理结集。承蒙抬爱，我有幸成为《沧海珠泪集》的第一位乡梓读者，诵其诗集于结胎时。

于诗词歌赋，我未入门。既不善吟，亦不善品。闲常诵诗，评判诗作优劣标准极为简易，诗情能感染我，诗境能给予我一、二哲理启迪，便认为是佳作。《沧海珠泪集》每首诗作，如同《红楼梦》中的警幻仙姑，导引贾宝玉身不由己地步入太虚幻境一样，牵引着我不知不觉地走进了诗作者丰富的内心世界、多彩的情感园林，领略到了诗作者心胸的宽广无垠，情感的跌宕激荡。其拨动心弦弹奏出的一首首感怀咏叹的乐章，启人心扉，引人入胜，感人肺腑，催人泪下。品过后，有一种口齿留香心微醉的感觉，在唏嘘浩叹中与诗作者产生情感的交融与共鸣。

新庆大哥不是诗人，而是思想者，准确地说，是一位具有吟诗天赋，善于以诗来承载思想的思想者。

大学毕业后，他就职于党中央和人民的喉舌机构人民日报社。记者这个崇高职业，要求寄世的皮囊可以处江湖之远，但驻世的慧命必须居庙堂之高，始终不渝地恪尽记者职守。在卑鄙者的通行证与高尚者的墓志铭这一两难选择中，他毫不犹豫地选择了后者，终使他的思想能冲破牢笼，成为一名为追求真理而无私无畏的共产党人。理无常是，所以，他不固执己见，也不囿于成见；思想前瞻，所以，他善于独立思考，言人所不言。发表的通讯、报道、时评等新闻稿件，均以思想的高度与深度鹤立称雄。在人民日报社，当年尽管资历浅，却首批被破格评定为高级记者。《沧海珠泪集》中有相当一部分的感怀诗作，均同他的新闻稿件一样，以思想性见长，折射出了追求真理、坚持真理，敢于为真理而献身的精神与胆识。吴官正同志当年在中央政治局委员、山东省省委书记的任上，向山东省省委宣传部部长介绍诗作者时，讲过这样一段话："老高是我的朋友，水平很高，很有思想，也很有个性。认定一条理，九头牛也拉不回"，这是对诗作者坚持真理而无所畏惧品格的肯定与称赞。

当然，坚持真理需要为之付出必要的代价。唐僧之所以能取回真经，是对他历经九九八十一难而初衷不改的回报。外在的磨难容易战胜，内在的心魔却很难降伏。因为思想者的超前思维总是要经过很长一个时间段才能为世俗所认同。在这个时间段里，思想者有如寂寞开无主的寒梅，如果耐不住这份寂寞，经受不住风雪的袭扰，便会屈从世俗，逐流随波。《沧海珠泪集》中的许多诗作，既有"路漫漫其修远兮，吾将上下而求索"的矢志不移，也有彷徨迷茫时的内心独白，更有为国为民所发出的声声呐喊与疾呼。这些诗作勾勒出了诗作者为追求真理、坚持真理孤独跋涉所走过的一条艰辛的心路历程，从中可以窥见到诗作者内心的坚强。如果没有对党的无限忠诚，对祖国对人民的无限热爱，是很难做到在头上有风雨的击打，脚下是泥泞坎坷的境遇中，执守冰心玉壶的节操。当时代的发展印证了诗作者过去思想的正确时，当年的赋闲已成为了时下的致休。在一、二挚友为其壮士暮年而徒呼负负时，他也只能以"老夫此生无长物，瘦骨嶙峋却经风"自我解嘲，以问心无愧聊以自慰。这就是思想者的悲剧人生。没有这一悲剧人生，便到达不了"俏也不争春，只把春来报，待到山花烂漫时，她在丛中笑"的高境界。"沧海月明珠有泪"，只要见到了沧海月明，鲛人所流之泪必是喜泪，这就是诗作者的胸怀。难怪原辽宁省省委常委、省军区政委刘慎思将军书"上善若水"条幅相赠，这是对诗作者惠济万物，而无怨无悔品德的褒奖。

在《沧海珠泪集》结集过程中，诗作者问及我读他诗作的感受，我表达出了这样的观点：诗境的深远与思想的高度成正比，没有高度就没有境界；诗的感染力源于真情，没有赤子丹心昭日月，满腔热血荐轩辕的这份痴情、豪情，就听不见怆然泪下的慷慨悲歌。而且，中国的诗歌史存在着一种有趣的现象，就总体而论，春风得意无佳作，穷困潦倒有好诗。

《沧海珠泪集》中的诗作，似乎用深情与挚爱浸泡过，情与爱构成了这部诗集的主色调，诗作对亲情、友情、爱情、乡情的深情眷恋，对真善美的倾情讴歌，对假丑恶的无情鞭挞，体现出了诗作者本性的良善与宅心的仁厚。而渗透进诗作者骨子里的真情与仁爱，很大程度上是诗作者老母熏陶的结果。

诗作者的母亲是位淳朴娴淑、清心寡欲、与世无争、无私忘我的普通农家妇。以孝敬长辈、和睦六亲、相夫教子为自己的毕生追求。她虔心向佛，一生践行"诸恶莫作、众善奉行"的佛门宏旨，在力所能及的前提下，用乐善好施、怜孤恤寡、扶危济困的行为，去为儿孙积攒福报的资粮。她目不识丁，却深明大义，对子女的教育只以孟母、岳母为楷模，防范儿女受墨者的污染，并以"精忠报国"相责。母亲的善行义举与大义训蒙，在诗作者的身上产生了潜移默化的影响，对他后天的修为起到了至关重要的决定性作用。从几首赞誉母亲的诗作及祭母文中，便不难见出诗作者为人处世、待人接物是他母亲风格的承袭与弘扬。所不同的是有了共产党人的广阔胸怀。在乡梓，诗作者不仅是远近闻名的孝子，而且对哥嫂弟妹的悌行亦为乡亲所称道。对儿女子侄及孙辈后代，更是呵护有加，对妻室家庭那份强烈的责任感，尤其是只知付出，从不奢望回报这一点，无几人可与相匹。孝悌是仁之本，重亲情更是仁爱之滥觞。哀悼汶川、玉树遇难同胞的几首诗作之所以感人，对灾难中所涌现出的英模人物的讴歌之所以动人，因为诗作者吟唱出的是人间的真情与大爱；对国运的昌隆与科技的进步所表现出的那种心花怒放与欣喜若狂，因为诗作者在潜意识里已经将己运、家运与国运紧紧地拴到了一起。"无情未必真豪杰"，是赞誉诗作感染力的绝妙好词，我援引这句诗作为对《沧海珠泪集》的评语，应当说是恰如其分的。

诗歌是否存在着一个跨学科的问题，我曾琢磨过。诵《沧海珠泪集》，这个困惑终于得以明晰，诗作者以他的诗作传达出了这一理念：诗歌属于文学，同时也属于美学，是文学领域中的美学。所以，他的诗作与其说是赋诗，不如说是以赋诗为媒，去谋求与完美的联姻。

诗作者的家乡山环水抱。"瀼溪河水独清澄，虎啸林莽百兽惊"，便是诗作者对生于斯、长于斯这块风水宝地深情的眷恋。天地的精华、山川的灵秀，赐给了他聪颖过人的天赋与过目不忘的超凡记忆力。他自幼便喜爱中国的古典诗词，诗经、楚辞、乐府、唐诗、宋词、元曲，特别是李白、杜甫、白居易、苏轼、文天祥、辛弃疾、陆游等诗词大家的诗词都是他的心仪之物，为世所推崇的名家名作他都能背诵。尤其酷爱毛泽东主席的诗词，认为无论文采、风骚与气魄，毛泽东主席都堪称独步古今诗坛的第一大家。由此可见诗作者古典诗词厚实的功底。

我与诗作者谋面不多，但只要碰面，必会谈诗。他对什么样的诗作才为美有自己独到的见解。在他看来：雷同不美，美在个性；束缚不美，美在超脱；稳定不美，美在多变；格律不美，美在有情；因循不美，美在创新。假如缺少古典诗词的深厚修养，则绝对提炼不出这样的真知灼见。

　　诗作者赋诗，宗大家，法大家，却无半点临摹大家的痕迹，而是兼收并蓄，博采众长，自成一体，别出一格。《沧海珠泪集》收录的诗作不过百余首，可风格却迥然不同：有的大气磅礴，有的豪情万丈，有的婉约清新，有的凄怆悲凉，有的平实浅白，有的含蓄朦胧，有的柔情似水，有的粗犷奔放，有的犀利辛辣，有的厚道老成，在他的诗作中，浪漫与现实可珠联璧合，形象思维与哲理思辨能相得益彰……风格的多样性，反映了诗作者对艺术创新的孜孜以求与情感的五彩缤纷，同时，更与大千世界，五味人生相呼应。

　　诗歌的美源于生活的美，诗人因为热爱生活，所以才会用诗歌去复制提炼生活的美。作为一位思想者，他赋诗可以不受格律的束缚，但其全部诗作都十分注重语言美、韵律美、对称美、和谐美及意境美。加之诗作者阅历丰富，观察生活视角独特，眼光敏锐，分析问题鞭辟入里，所以读他的诗作，不仅能益智醒脑，而且更能享受到一种行云流水的自然美，天马行空的超脱美。

　　好诗源于心态的平和，《沧海珠泪集》中的相当一部分诗作，均出自风光秀美、人杰地灵的山东临沂市和扎根沂蒙闻名全国的国家高科技企业——山东宏艺科技股份有限公司。为此，我想替代新庆大哥感谢山东宏艺科技股份有限公司董事长兼总经理赵洪义先生慧眼识贤，为新庆大哥提供了一个老有所为的平台，不仅使其平生抱负能得以施展于万一，而且，还在很大程度上成就了一位诗人。

第一篇章

无情未必真豪杰

荷　赞（二首）

——贺老母九十二岁大寿

　　甲申年（2004年）六月廿三日，吾母唐荷英九十二岁大寿，特敬献祝寿诗二首以贺：

（一）

夏日香风出荷塘，

玉姿仙骨有遗芳。

一生笃佛行善事，

炷炷高香感上苍。

（二）

上苍垂怜施仁爱，

代代兴旺福满堂。

普度众生留乡史，

晚霞万朵染大江！

甲申年六月廿三日作于江西彭泽县瀼溪镇农家小楼

忆莲乳

月夜牧牛荷花塘，
蛙声十里金风香。
芙蓉出污托莲乳，
几人食甘念藕娘。

1981年夏夜忆母而作于南昌江西省委滨江招待所

牛年赞牛（二首）

——并献给老母唐荷英

（一）

牛，人类的伟大挚友，

与人为伍，终身不渝。

不畏艰险，

不知忧愁。

日出而作，

日落而息，

从冬至春，

从夏至秋，

绝无烦言，

更无懈怠。

以人的意志为意志，

以人的喜悦为喜悦。

为人耕种，

为人收获。

吃的是草，喝的是水，

挤出的是奶，是心血⋯⋯

（二）

牛，人类理想的化身，

性格倔强，爱憎分明。

对人，鞠躬尽瘁，

对敌，亮出匕首。

爱，爱得真实，

恨，恨得切齿。

您呵，真正的顶天立地，

您呵，真正的钢筋铁骨。

因为无私，

所以直立千仞；

因为无畏，

所以大义凛然。

牛呵牛，

天之骄子。

赐福大地，赐福人类。

您的恩德呵，

惟日月可以同俦！

【后记】

　　老母唐荷英，生于民国三年农历六月廿三日，属牛。老母勤劳、无私、行善、助人为乐，就像一头老黄牛。

丁丑年前夕作于北京陋室

清明祭奠父母感泣而吟（二首）

（一）

万顷浪涌菜花开，
吴楚香透紫气来。
时雨纷纷思千绪，
千里凭吊酒一杯。

（二）

阴阳两隔儿心衰，
泪眼迷蒙动地哀。
年年清明忆恩德，
但教儿孙松柏栽！

2008年4月5日（农历戊子——鼠年二月廿九日）
作于彭泽县濑溪镇父母墓前

中秋节诗三首

遥祭父母

圆魄升碧空，
清辉照坟茔。
远方游子心，
尽在遥祭中。

赠亲友

中秋赏明月，
天涯共此时。
举杯邀亲友，
一饮尽相知。

复友人手机短信

中秋盼月圆，
嫦娥隐云间。
酒香随人醉，
月缺亦天缘。

【注释】友人发短信，告知他那里云遮月，特发诗以赠。

戊子（鼠）年（2008年9月14日）八月十五中秋节于北京

忆恩亭对联

家母谢世后，为寄托哀思，
　在其坟前拟建忆恩亭
　并拟亭柱长联以怀念

上联：笃佛行善普度众生成正果

下联：厚德载物广施仁义惠子孙

丙戌年三月十六日

附：祭母文

丙戌年三月二十日辰时，儿新庆与媳振兰携长女高瑞、次女高汾，并偕儿长兄元庆、弟重庆及众孙儿、孙女、重孙等，恭备香茗圣果，焚香祭告吾母在天之灵。呜呼！

三月十四日晚八时许，儿接您大孙女月琴电话泣告"婆婆傍晚七时在风雨交加中走了……"噩耗传来，悲痛欲绝。生我养我的亲娘呵，您的仙逝，孩儿我从此失去了精神支柱；爱我疼我的亲娘呵，儿虽年过花甲，但儿多想永远绕膝承欢，竭尽孝道！而如今天人相隔，儿又何处再觅您的慈容！

旧历年末，我得知慈母身体违和，忧心如焚，即不顾春运拥挤，旅途劳顿，回到您的身边，陪伴您再享天伦之乐，团圆之欢。不料仅过两月，您竟溘然长逝。呜呼，自古忠孝不能两全，慈母在世，儿不能长年晨起请安，晚睡侍奉；慈母过世，儿不能再聆教诲，抚榻送终。从此天河相隔，孤灯之下，只留下绵绵相思和泪雨滂沱……

慈母一生，勤劳简朴，宽厚仁慈，历历往事，宛然如昨。

母亲一岁到高家当童养媳，先是祖母过早辞世，祖父又积劳成疾，砍柴累死山头。祖父走时，先父14岁，母亲9岁，小叔仅5岁，三个孤儿，孤苦无依，受尽折磨。

旧社会家境十分贫寒。先父常年在外谋生。慈母以柔弱之躯，带着哥哥和我给人当佣工，每天都起五更，睡半夜。慈母不拿工钱，为的是让大哥元庆和我兄弟俩有口饭吃。一九四八年大水，哥哥头上患了恶疮，慈母悉心照看哥哥。那时仅靠先父砍柴卖钱糊口，实难维持；万般无奈，只好吃蕨根渣和粗糠做成的粑粑充饥，经常拉不下粪便，不得已只有用手抠，因为我坚持不吃，先父打我，慈母搂着孩儿痛哭。这一年弟弟重庆出生，可慈母没有奶水喂养褓褓中的小弟，眼看弟弟就要夭折，无奈只好将弟弟抱给他人。那天，慈母哭得死去活来，我和大哥也哭肿了双眼。儿永生不忘的是，那一年在彭泽县城，家住马棚，经常揭不开锅，就在这时，我唯一的妹妹降生人间，分娩时，您打发儿到南岭背去叫摆小摊子的父亲。还未到家您自己坐马桶上生下了妹妹，且自己剪断脐带。小妹的到来，给全家带来欢喜。尚未满月，您就与父亲一起带着哥哥上山打柴，留下不满五岁的我照看小妹。饥饿折磨得我那可怜的小妹不停地哭，一双小手撕划着稚嫩的脸颊，伤痕遍布，年幼的我眼睁睁看着妹妹痛哭，也已哭成了泪人。由于根本没有营养，妹妹生病了，不但没钱医治，连上庙烧香的钱都拿不出。您成天抱着妹妹哭，一天晚上，可怜的妹妹一声不响地偎依在您怀里永远地睡去了。您那撕心裂肺的痛哭声，今天仍在儿耳边回响。您一生生下五男一女，二哥、三哥都夭折于日寇侵略的逃难途中。

　　在儿时的记忆中，慈母是全家起床最早，睡得最晚的一个，天不亮您就起床洗衣、做饭、喂猪；夜深了父亲、哥哥和我都已入睡，您还在油灯下缝衣衫、纳鞋底……通宵达旦。虽然那时我和哥哥难得一件新衣，但穿着您缝补齐整的衣裳，踩着母亲用心血纳就的千层底的布鞋，我们倍感舒适温暖。

在解放前和三年困难时，我家和千千万万的农村家庭一样，靠吃糠粑、野菜、竹笋拌饭度日，逢年过节，有点鱼肉改善生活，您总是让父亲、哥哥和我吃，自己就喝一点剩下的汤汁。母亲，您对我们的无私真爱，儿刻骨铭心，永生不忘。母亲不仅给了儿生命，而且苦口婆心地教育儿如何做事、做人。

民国三十年正月二十三，儿出生的那天，日本鬼子进村，在外做小本生意的父亲前脚刚进门，日本鬼子的枪声大作，您不顾自己的安危，催父亲快走，之后日本鬼子打了败仗，恼羞成怒，放火烧村，烈焰熊熊。与您同屋的瞎眼老太太把我倒捆在您背上，艰难地爬出了村，在牛栏里，熬过艰难的一夜。从此您得了产后经风病，折磨了您终生。儿的生命是您给的，您为儿茹苦含辛，九死一生，您的恩德比天高，比海深。儿上小学时，得了伤寒病，七天七夜昏迷不醒，您七天七夜未眠，双眼哭肿，后来用三斗米，换了三粒奎宁，才救了儿的命。儿上初中那年，村里发生火灾，家里除了哥哥抢出几床被子，其余家当皆化为灰烬。后来您为儿向姑妈借了28元钱作为学费和生活费。为了供儿上学，您给人家洗衣服，一个月只挣3元钱。寒冬腊月，河水冰冷彻骨，您手脚冻裂冻肿。慈母啊，您为孩儿付出的辛劳痛苦是儿来世都报答不尽的。1958年大旱，粮食紧张，我从县城捎信说肚子饿，接信后，您跋山涉水赶了几十里路，给儿送来一铁桶芝麻粉，还有一竹筒腊肉。那天，儿同全校师生一起赶到棉船支援农民收棉花。您没跟儿说上几句话就匆匆回家，这些食品饱了全班同学的口福。同学们都对您赞不绝口。

慈母呵，您不仅用心血抚养了孩儿，使我长成，更言传身教，教育我如何做人。孩儿所以能从一个放牛娃到大学生，还能到《人民日报》社工作，几十年来为党、为国、为民做了一些事情，除党和毛主席的教育、同志们帮助，全是您教导的结果。您虽是文盲，但您为人正直，笃佛行善；扶危济困，助人为乐；严以律己，宽以待人；忠厚诚实，艰苦奋斗的品德，光照日月，您一直是儿的楷模。您教导我"好好做人，好好做事"的家训，儿铭刻在心，影响儿一生。您虽不识字，但您十分聪慧，记忆力极强，您喜欢听评书，看戏，听戏文，儿从小听您讲《三国演义》、《水浒传》、岳飞精忠报国、《西游记》以及"孟母择邻"、"卧冰求鲤"等故事，还有数不清的民谣、谚语、谜语，启发了孩儿幼小的心灵，您是儿人生的第一个老师，是最好的老师！

您是慈母，也是严母。小时候，不管有理无理，只要我同人打架相骂，您总是先打我训我。记得五六岁时，别的孩子欺负我，先打我，我还了手，人家告上门，您打断了八根棍子，我仍然不反抗，不讨饶，站着不动让您打。还有一次，同年娘的女儿，同我一起玩，不小心跌到河里，弄湿了一身衣服，她怕回家挨打，诬我推她下河，因为我们借住她家，您和父亲狠狠打我，我因受冤蒙屈，气得投河。幸有人看见，证明女孩自己跌下河，您把我拉回来，抱着我痛哭。儿深知寄人篱下，您是不得已而为，打在儿身上，疼在娘心里。儿从此立志，将来要自己盖房子，要为娘争气。妈，您知道吗？儿立志成才，发奋向上，除报答共产党、毛主席让我们家翻身作主人的恩情，另一点，就是为父母争光，为父母争气呵！这是儿的原始动力，是儿永不熄灭的动力。妈，您教育我"饿不向人食，冻不接人衣，"做人要有骨气，要拾金不昧，您自己做出了榜样。五十年代，一年冬天，您在河边捡到一件毛衣，您让我从下街问到上街，毛衣是谁的。最后送归了原主。平时，我捡到一个铜板，一块手帕，甚至是一根针，您也要我把东西交还原主；土改分浮财，您甚至不许家里人去拿，说那不是自己的，看似觉悟不高，但实表现您的善良与淳朴。您常讲父亲解放前在马路上捡到二十四块大洋，在马路上等了几个时辰，最后交还原主的故事。教育我们全家像父亲那样忠厚老实、光明磊落、毫无贪心。

敬爱的母亲，您一生念经信佛，笃信观音，佛在心中，心中有佛。一生做了数不清的好事善事。解放前彭泽县城南岭，经常有人中暑昏倒，有人告"唐佬，又有人倒在南岭"，您立即迈着缠裹的小脚，气喘吁吁，带着铜钱、香油给人刮痧救治，您救治的陌生人，不下十几、二十吧！三年困难时，一个安徽人因几天未吃未喝昏死在路上，您闻讯，让大哥背回家，用米汤灌醒，以后又让大哥收留在队上。您常教导说："救人一命，胜造七级浮屠"。解放前后，水灾大旱，成批的灾民往江西跑，凡讨饭到我家的，您没有不给的；有时锅里没饭，您就把自己碗里的倒给人家，自己挨饿。记得解放前，村里有一呆傻老太，住破土地庙，靠乞讨为生，您可怜她，不但每日盛饭夹菜给她，逢年过节，您还总让我送粮、送肉给她。您为人善良，还表现在善待邻里上，记得有一次，家里只剩三升米，您知道邻居家断粮，让我立即盛一半送去。这些救苦济难的好事，您一生不知做了多少。您从来以礼待人，凡吃了人家，收了人家的礼，您总是加倍偿还。凡我的同学、朋友来，您都杀鸡、买酒、买肉款待。棉船我一同学来瀼溪砍柴，一住个把月，您不但管吃管住，还管洗衣缝补。这位同学后来对我说："你老娘真好，对我就像亲生儿子一样。"

岁月无情，慈母渐老，年青时的劳苦使慈母体弱多病。1968年，儿第一次接到您病危电报，儿三天三夜粒米未进，水陆兼程，儿生怕见不到您。等赶回家，知儿归，七天滴米未沾的您，当晚喝了一小碗稀饭，后经打针吃药，您渐渐好转。儿深知，慈母思儿心切，盼游子归家呀！慈母呵，您思念儿子，孩儿也同样想念您，咱母子心连心呀。慈母呵！儿不孝呀，不能常在您的身边，您年事已高，儿又不能服侍左右，您给儿的太多太多，儿给您的太少太少。您走了，匆匆地走了，生命不能挽回；儿子留下的只是无穷的思念、悔恨和悲伤……

敬爱的母亲，您是平凡的妇女，您也是最崇高的妇女；您是最普通的母亲，也是最伟大的母亲。正是您这样的千千万万妇女、母亲，生育、养育、培育了共和国子民，撑起伟大共和国的大厦。母亲您的恩泽润育着我们高家子孙，泽惠万代；您的精神不死，永远活在儿孙们心里，活在人民的心里！

妈，儿满希望您活到百岁以上，您怎么94岁就这么撒下我们走了呢？妈呀，您临走前还拉着聋哑孙女月华的手，掰下大拇指，握着二拇指不放，您是希望在临终前见儿一面呀！妈，您走了，儿的心事向谁去倾诉？儿的痛苦烦恼有谁来分忧？儿的冷暖安危有谁来挂念？儿痛不欲生，痛不欲生，娘，我的亲娘……娘呵，您年迈卧病在床，儿不能侍奉身边，这是儿一不孝；儿几十年在外，处在风口浪尖之中，常受到冲击磨难，也就常让您老人家担惊受怕，这是二不孝；您临终之时，儿不能为您送老归终，是三不孝。儿有此三不孝，儿终生愧疚。而今儿立下遗嘱：死后陪葬在亲娘身旁，身前种种不孝，敬祈您老原谅。儿死后将长伴老母，补偿孝道之不足，争做全忠全孝之人，拳拳孝心，皇天可鉴！

呜呼，哀哉，悲哉，痛哉，儿失老母，顿觉天昏地暗，日月无光，生不如死。儿唯一安慰的是，慈母走得安详，妈，您老走好，从此阴阳两隔，但儿的心永远属于您，永远跟着您。

妈，您安息吧！您虽然走了，但您的音容笑貌，您对儿孙们的慈悲慈爱将永远活在儿孙们心里。

吾母唐荷英永垂不朽，风范长存！

儿：新庆泣拜

丙戌年三月二十日

玉兰赞

——赠老伴尤振兰

玉兰报春早，
花落青枝翠①。
孤芳何寂寥？
香远蝶自来。

报春不争春，
欢悦遗人类。
把酒舞明月，
清风醉一回。

【注释】

①玉兰先开花，后长叶，花落叶出，属奇花。妻振
兰，将两爱女养育成人，功劳、苦劳、辛劳兼而有之，感
其母爱之无私，特赋小诗致谢！

2009年3月18日（农历己丑年二月廿三日）作于临沂宏艺公司

《苏小小》电影观后

——赠振兰

香车轻骑邂逅逢，

相知琴音诉衷肠。

污吏未除忠魂逝，

千古凭吊泪沾裳。

1979年5月3日观电影后之吟

【后记】

苏小小为文学故事人物。

（1）六朝时南齐著名歌伎。家住钱塘（今浙江杭州），常坐油壁香车出游。唐李贺《七夕》诗有："钱塘苏小小，更值一年秋"名句。传苏小小墓在秀州，杭州西湖西泠桥畔亦有苏小小墓，唐张祜有《题苏小小墓》诗。

（2）南京钱塘歌伎。苏盼奴之妹，钱塘人，能诗词，后嫁襄阳赵院判。《苏小小》电影，根据上述文学故事，似有进一步的艺术加工与升华。苏小小追求琴瑟之音的爱情、真情和反对贪官污吏的义举、壮举，深深打动了观众。

2010年9月25日诗作者补记

示儿孙

题记：五岁时，邻居朱大哥带我第一次进民国小学，即遭学监追赶，此事刻骨铭心。长大方知，教育的不平等，源于社会的不平等。想起自己求知的艰难，特示儿孙辈，好好珍惜受教育的机会和资格，认真学习，长真知识，炼真本领，以报效国家、反哺社会。

初进公学欲求知，
学监咆哮嫌步迟。
翻天终成昔时愿，
牵牛勿忘读小诗。

1988年10月22日

题北京陶然亭鹦鹉冢

1983年11月17日，携妻尤振兰、长女高瑞、次女高汾游陶然亭之后，于深夜作于北京陋室。

> 陶然亭内多情种，
> 荒坟一对万古颂①。
> 忽如飞来彗星闪②，
> 丰碑照月两相同。

【注释】

①指石评梅与高君宇之间的真挚爱情和生死之恋。石评梅，山西平定县人，1902年生，1928年去世。她是一位天才的女作家，短短26年的生命历程，却写了不少脍炙人口的诗歌、散文。石与高是同乡，高还是石之父的学生。高早就暗恋石，但石在初恋失败后，感情受伤，拒绝了高的求爱。高君宇是山西最早的共产党员，著名无产阶级革命家、活动家。高失恋后，十分难过，不久因病而去世。石评梅追悔莫及，痛不欲生。她把高安葬在北京陶然亭，并亲自题词立碑，碑文写道："君宇！我无力挽住你迅忽如彗星之生命，我只把剩下的泪流到你坟头，直到我看不到你的时候。"从此，常常独自到坟头哭泣，如是者3年，直到自己也病逝。朋友们根据她自己的遗愿，把她安葬在高君宇墓旁，让这一对恋人，死后化为连理枝。高死后，石评梅把痛苦和眼泪化成了《涛语》中近二十篇带血的散文，如《我只会独葬荒丘》、《断肠心碎泪成冰》、

《梦回寂寂残灯后》、《墓畔哀歌》等。石以波微笔名发表的《扫墓》诗，更是凄哀婉转，催人泪下。但她在生命的最后一二年振作起来，写了不少激昂悲壮之作，如散文《痛哭和珍》、《血尸》；小说：《红鬃马》、《匹马嘶鸣录》、《白云庵》。她死后，朋友们编印了《石评梅纪念刊》，编辑出了《涛语》、《偶然草》两本集子。

女作家黄庐隐创作反映石评梅动人一生的长篇小说《象牙戒指》，在茅盾主编的《小说月报》发表后，引起广泛反响。

邓颖超同志在《为题<石评梅作品集>书名后志》中说："从那个时候起，我就仰慕高石之间爱情和同情他们的不幸遭遇，总希望能有机会和石评梅女作家见一面，然而，石评梅女士由于失去君宇同志悲伤过甚，约三年后，她自己也离开了人间。"

②君宇自题相片上写：

我是宝剑，我是火花，

我愿生如闪电之耀亮，

我愿死如彗星之迅忽。

游颐和园

——题赠女儿高汾、义女改玲

冲天一鹤排云出，

跃水千帆卷巨澜。

金马何曾涉远足，

碧鸡日日啼故渊①。

颐和园内花千树，

甲午风云化云烟。

莫道男儿无壮志，

当政昏昏岂昭然②？

【注释】

①云南昆明市有昆明湖，又称滇池，烟波浩淼，奔腾500里；还有金马山西隔滇池与碧鸡山相对峙，雄伟壮丽，巧夺天工。而北京人造昆明湖，既无滇池之浩瀚无垠，又不可搬动金马、碧鸡二山。

②慈禧太后，挪用海军款建颐和园供个人享乐，如此昏庸、腐败的清王朝当权者，才是造成甲午战争惨败的根本原因。

丁亥（猪）年九月初三（阳历2007年10月13日）

沉吟于北京颐和园排云阁前、昆明湖畔。

五十五岁抒怀

孤灯一盏卅一年，
伤情满纸泪斑斑。
清风两袖诚可鉴，
但求余生渡安澜。

愁思淡淡寄明月，
忠心耿耿只赋闲。
岁月蹉跎催人老，
壮志犹存岂枉然！

1996年3月9日（丙子年正月廿三日）五十五岁生日，感家人
贺寿，叹己运乖忤，特赋小诗自嘲于北京书斋。

五十七岁抒怀

五七毋功论人生，
坎坷路上血泪痕。
慈母教诲言犹在^①，
终身实践岂敢违。

翻云覆雨多诡秘，
正气反被邪气侵。
初衷不改黄昏曲，
杜鹃声里夕照明。

【注释】
①母教："要好好做事，好好做人"。

农历戊寅年正月二十三日生日

六十八岁生日述怀

今日瑞雪兆丰年，
久旱麦苗舞翩跹。
阅尽人间春秋色，
更览山河壮丽篇。

少年颠狂走乱事，
老大方知世事艰。
毕生寻梦梦难续，
归去来兮话桑田。

【后记】

　　2月17日（农历己丑（牛）年正月二十三日），是老夫68岁生日，北京普降瑞雪，加上2月12日一场春雨，基本解除北京百日旱情，余为国欣喜，亦窃喜国运必将赐我好运并惠及家人，特赋诗以记之。

2009年2月17日【农历己丑（牛）正月二十三日】于北京

外孙女出生感怀

吹箫岂引凤^①?
凤德生凤胎^②。
盛世呈祥瑞,
巾帼乃英才。

牛年转佳运,
紫气正东来。
古稀添喜庆,
阖家尽开怀!

【注释】
①吹箫引凤,指萧史、弄玉吹箫引凤的传说。
②凤德,语出《论语·微子》:"楚狂接舆歌而过孔子曰:凤
兮凤兮!何德之衰!"讥孔子有德才而不识时务,后士大夫以
"凤德"喻士大夫德行名望。

【附记】
2009年11月25日(农历己丑年十月初九)13时48分,
大女儿高瑞在北京妇产医院顺利生下"千金",体重6.97
斤。于东、高瑞有了自己的小宝宝,亲家、亲家母于滋
仁、吴国瑾有了自己的嫡孙女,我与尤振兰也有了一位活
泼、可爱的小外孙女。这是高于两家的大喜事,可喜可
贺,夜不能寐,特赋小诗以记之。

2009年11月25日(农历己丑年十月初九)子夜作于北京文阁斋

附：阳明宇和诗

拜读高兄诗作，亦唱和一首附冀，以志同乐之情：

懿德凤来仪，
补天齐五彩。
祥瑞长国祚，
安邦赖英才。

灵秀钟可儿，
积善福报来。
高府延余庆，
乡梓同开怀。

2009年12月21日于海南岛

七十寿庆抒怀兼贺
外孙女沐霖"百日"之喜

人生七十古来稀，

饱经沧桑志不移。

高朋满座庆寿宴，

酒卮花魂动花枝①。

粗茶淡饭强筋骨，

无私无欲享盛时。

薪火相传无穷尽，

山长水远又芬菲。

【注释】

① （宋）邵雍：《插花吟》诗名句："头上花枝照酒卮，酒卮中有好花枝"。

【附记】

2010年3月8日（农历庚寅年正月23日），老夫69岁生日，按男作九，女作十习俗，女儿高瑞、高汾，女婿于东，为吾作七十大寿；天缘巧合，又恰逢外孙女沐霖"百日"之喜，双喜临门，于是3月7日晚在"天府食府"摆宴，江西彭泽老友、老乡和其他亲朋赴宴庆贺，余激情澎湃，欣然命笔以记之。

附：阳明宇贺寿藏头诗及寿联

新春祝寿南山高，
庆云裹瑞献蟠桃。
千福伴随鹤发永，
岁不逾矩童颜俏。

乡梓愚弟明宇拜贺

贺寿联

上联：东海载福容积太小
下联：南山匹寿峰峦过低
横批：无量无疆

恭贺张凡、龚蕾喜结良缘

今日瑶台玉杯空，

群仙共饮豪气同。

张府凯莱婚庆宴①，

老夫欣然歌大风②。

喜见孙辈成家业③，

人丁兴旺乐融融。

最是一年秋光好，

天长水远情意浓。

【注释】

①张治铣、高月琴，为诗作者侄女婿、侄女，他们的独子张
凡、儿媳龚蕾，今日在南昌市凯莱大酒店隆重举行婚典、婚
宴，高朋满座、亲友如云，喜气洋洋，热闹非凡。

②刘邦一统天下，与家乡（沛县）父老乡亲酒宴而作《大风
歌》："大风起兮云飞扬，威加海内兮归故乡，安得猛士兮守
四方。"

③诗作者是一对新人的叔外公。

2010年11月7日南昌凯莱婚典大礼即兴而作

赞庐山仙人洞石松

——兼贺人民日报老社长、老领导
胡绩伟先生九秩华诞

顶天立地一石松，
扎根源自坚岩中。
任尔西南北风起，
我自岿然傲险峰！

2006年9月9日夜作于北京斗室

戏赠相如兄（二首）

　　今日老朋友，原人民日报浙江记者站站长赵相如从北京返回杭州，整理去年国庆他来北京一起去天安门的照片，突然想给他写几句共勉的话，急就一首望其笑纳：

山自清明花自由，
杜鹃声里走春秋。
蝉鸣孤树饮朝露，
桐出深涧溢清流。

莫道夕阳余晚照，
霞染大江壮行头。
西湖北海景有致，
笑傲江湖俩顽叟！

2000年7月22日11时至12时于北京

贺慎思将军喜得嫡孙

忽闻老友喜得孙，
遥贺将军有传承。
积善人家又添福，
人丁兴旺国运兴。

长江后浪赶前浪，
再领风骚后来人。
刘氏祠堂公孙树，
枝繁叶茂百代荫！

【后记】

　　是年8月3日晚，收接挚友、辽宁省军区原政委刘慎思将军
短信发来的喜得嫡孙诗，欣喜万分，特和诗一首以贺。

2009年8月3日子夜至8月4日3时北京文阁斋

附：得孙感怀

刘慎思

有情岁月多吉庆，
翁近七旬喜得孙。
古言有子万事足，
不及赋闲闻啼婴。

蜀北小村祖籍地，
万里故土旺人丁。
积善门第传承运，
惟愿嫡孙胜前人。

贺刘明星生日

今夜启明映碧空，

群贤毕至乐融融。

艺术唯美尽瑰丽，

无邪心声化神龙。

庚寅年十一月十三日于北京凯迪克格兰云天大酒店酒宴即兴而作

【后记】

2010年12月18日（农历庚寅年十一月十三日），中国国际收藏家艺术协会、中国书画名家大师研究院主办的天下第一瓷版画研讨会暨瓷版画展览正式开幕，是日也正是中国国际收藏艺术家协会主席、中国著名画家、挚友刘明星先生48岁生日，晚宴上特即兴吟小诗以贺。

——诗作者即日夜于北京

和杨海泉同志

燕赵自古多赤臣，

京都煮酒论群英。

纵观时局知天命，

热血男儿岂为名？

劝君更饮一杯酒，

梵佛共语性中人。

赋闲聊作《飞天梦》①，

"三昧"要旨美善真②！

【注释】
①《飞天梦》，是作者1990年汇集撰写的一部30余万字的通
讯、特写、散文、述评、评论、杂文等综合集。
②"三昧"，指《飞天梦》集子中"个中三昧"专题，主要是
作者采访、写作中的甜酸苦辣咸五味俱全的心得、体会和经验
之谈。

1999年元月七日作于北京

附：结识高新庆

杨海泉

红庙街北报垣东，
简室寻常聚大英。
初观神采时知腹，
未识音容早慕名。

尽进余杯醇觉浅，
戏言梵佛谐尤深。
闲来一读《飞天梦》，
三昧个中诣体情。

1998年12月14日作于石家庄

赠毕文衡学友

夜阑人静，

烟绕灯明。

你时而额头突起皱纹，

时而两颊泛上红润，

时而哗哗翻着书本，

时而沙沙写着"经文"，

沿着开辟的新思路，

你奋勇地跋涉攀登……

发现了，发现了！

珠宝的矿藏闪着银星，

当你满载而归的时候，

迎接你的是——

一个个稚嫩的笑脸，

和那东方灿烂的红云！

【后记】

　　毕文衡，是作者江西省彭泽县彭泽中学（即后来的彭泽一中）初高中六年的老同学，相交甚笃。他高中毕业以后，一直像老黄牛一样，默默耕耘，全身心地从事教育工作，多次被评为县模范教师、先进教育工作者。先在小学，后至中学任教，评为高级教师，桃李满天下，心甚敬之仰之。此诗为1963年元旦赠他贺年卡上题诗，以表敬仰之情。

1963年元旦于江西大学新闻系

和彭心溪老学友

荣华过眼即云烟，
老牛拉套何须鞭。
终日辛劳无怨语，
夜沉耕耘难入眠。

寒来暑往酒中仙，
暮鼓晨钟诗百篇。
敢问此生为哪般？
中华文脉赖君传。

【后记】

　　彭心溪为作者江西大学同班老学友，聪敏好学，孤高自傲，难于合群，但唯独跟作者颇为亲近，视为知己。原分配在江西日报工作，文革中下放江西贵溪中学执教，而他乐此不疲，桃李满天下。是日来京，畅饮甚欢，临别赠诗，甚喜。夜不能寐，和诗以赠之。

1999年1月17日夜作于北京

附：录旧诗赠高新庆学友

彭心溪

虚名过眼即云烟，
甘愿为民执教鞭。
尽日欣欣传絮语，
深宵默默走红圈。

晨钟暮鼓花千树，
暑往寒来诗百篇。
敢问此生值何许？
万里长城一块砖。

1998年8月18日作于江西贵溪县

瀼溪河，母亲河

——儿时生活记忆二首

（一）

瀼溪河水独清澄，

虎啸林莽百兽惊。

三月桃汛家家雨，

鲤鱼抢滩跃龙门①。

夏日顽童恋水仗，

晚来相约逐流萤。

夜深慈母唤归去，

水泻月魄化波魂②。

（二）

白鹭浅滩闲徜步，

鸳鸯戏水共浮沉。

飞虹掠空添异彩，

黄鹂鸣柳更欢腾。

水牛横骑吹短笛，

对歌粗旷遏行云。

天人合一多烂漫，

自然陶醉总关情！

【注释】

①雨夜，鲤鱼会成群结队抢滩，奋力竞争上游。

②月魄，即银色月光

【后记】

    瀼溪河，江西彭泽县境内成单独水系、流域面积达247平方公里以上的一条小河，发源于彭泽县境内之最高山——浩山，经太泊湖流入长江。故她虽仅仅是长江的一条小小溪流，但浩浩长江却是由这千百万小溪、小河汇聚而成的。我忘不了瀼溪河，那是生育、养育我的母亲河呵！人不能忘本，几十年来，千里万里，我日夜思念的是这条母亲河，是这条母亲河孕育的儿女们。这两首小诗是远方游子的亲切记忆和心声，也是游子儿时艰苦、朴素、平凡、甜蜜的田园牧歌生活的真实写照，特献给母亲河，献给世世代代生活在那里的人们，希望他们永远自由、自在、幸福、快乐！

2010年8月26日夜至27日夜

（农历庚寅年七月十七日夜——十八日夜）作于北京文阁斋

悼耀邦同志（二首）

（一）

夜来忽闻风雨声，

噩耗传来天地惊。

斯人虽逝光鲜在①，

公忠为民得民心。

（二）

平反冤案奇功建，

真理讨论最较真。

泪雨滂沱长安道，

宅心仁厚哭公仁。

【注释】

①人民日报登载的耀邦同志追悼大会通讯：《斯人已逝，光鲜犹存》，是由诗作者与现任中央统战部常务副部长朱维群同志两人合写的，由诗作者执笔。朱当时是人民日报机动记者组成员，诗作者为机动记者组组长。该通讯已收入《大地之子》一书。

1989年4月15日深夜作于北京

题赠彭泽县委（二首）

（一）

头枕长江巨浪翻，
开怀小姑逐千帆①。
遍地银花万户乐②，
碧水两湖百业欢③。

（二）

模范笑尝酸苦辣，
领导智高跃三关。
旱魃威施热风扰，
龙宫传令济雨寒④。

【注释】
①长江彭泽县北岸有小孤山，南岸有彭郎矶，当地有小姑（即小孤山仙女）嫁彭郎的传说。
②彭泽县是全国著名的棉花大县，当年克服旱涝等灾害，棉花大丰收，全县皮棉产量突破历史记录达30万担，皮棉平均亩产突破220斤，为长江流域之最。当时听县委汇报时，已预计棉花要大丰收。
③彭泽县境内有太泊湖、芳湖两湖，直通长江。
④彭泽县有地下龙宫洞，洞内有河，可驾舟游览洞内胜境，为长江中段有名旅游胜地，作者曾写游记性散文《新发现的神话世界——江西彭泽县龙宫洞参观记》，登载于1981年6月1日人民日报。

1984年9月9日

附：新发现的神话世界

——江西彭泽县龙宫洞参观记

高新庆

东晋"田园诗人"陶渊明当过县令的彭泽县，最近两年新发现的神话世界——宏大而奇丽的乌龙山龙宫洞，定于1981年6月1日正式向中外游客开放。这是长江中游的巨大岩溶洞穴，距举世闻名的庐山风景区不远，与鄱阳湖中的大孤山、长江江畔的小孤山、石钟山等一起，构成了以庐山为主体的风景群，山、水、岛、洞相映成趣。

目前，世界上开放的旅游洞穴有八百多个，每年吸引1500万游客。记者参观游览过七星岩和芦笛岩，为七星岩的巨大而惊叹，为芦笛岩的神奇美丽所陶醉。彭泽县龙宫洞兼有七星岩、芦笛岩的特色，而更加雄伟、神奇。此外，洞内寄居生物，如洞穴蜘蛛、蝙蝠、灶马、鱼虾很多，除旅游观赏外，还有很大的科学研究价值。

龙宫洞形成的历史悠久。地质学家根据洞内鹅卵石物质成分和分布高度、层次的分析，认为远在还没有人类以前，龙宫洞所在的庐山地区还是一片汪洋大海，海底沉积着厚厚的石灰岩。后来，海底上升为陆地，在隆起的山地下面，含有碳酸钙的石灰岩和间隙，被含着碳酸气的地下水溶蚀，孔隙越来越大。以后又几经沧桑，天长地久，石灰岩的肚皮内被流水雕塑成现在这种仪态万千的河型溶洞。

龙宫洞前200米处由石山穿孔而成的龙门，气势磅礴，泉水哗哗作响从龙门泻出。龙门外，两条金色巨鲤，跃跃欲试，正准备跳过两三丈高的龙门。过龙门，拾级而上，"龙宫洞"三字赫然在目。进入龙宫洞内，恍若置身《西游记》描写的东海龙王的海底宫殿。

　　海寿星春风拂面，莲花池莲花绽开。三百多米的宫庭回廊，串串钟乳石宫灯照耀。一条巨大的游龙，从我们头顶呼啸进宫。游龙前面，海鸟在歌唱。

　　过长廊，登上东宫仙游楼。这个占地500平方米的楼台，潺潺流水绕楼而过。几只海螺露出水面，向大家呆望；楼前宫灯倒映在水中，妙趣横生；楼的对面有一舞台，比起颐和园中慈禧太后的观戏台更加别致。举目远望，一支巡海船队正起锚远航。河对岸，一只巨大的海龟，相传是被当年大禹治水时定江海深浅的神珍铁镇住的，只露出个头部。看过《西游记》的人都知道，这根"天河镇底神珍铁"，又叫"如意金箍棒"。在这前面，有个洞中之洞，称为"海藏宝库"。库内百宝俱全，有珍珠玛瑙，有珊瑚树，有金盔金甲、剑戟刀枪。

　　海藏库前面，是一座圆形楼阁，人称西宫。西宫娘娘头戴凤冠，身着华服，在鼓乐厅的钟乳石钟、石鼓的伴奏下，与众宫女翩翩起舞，迎接游人。

　　更令人惊叹的是那座巍峨挺拔的"金钟宝塔"。塔高三十余米，塔身花纹细密，几十人不能合围，无数钟乳石如冰柱倒悬，据科学测算，要形成这样雄伟的钟乳石，需要经过几亿年的沧桑变化。

　　最后，大家来到一个容积二万一千多立方米的圆形宫殿。导游说这就是龙王的水晶宫殿。地面铺着天然水波式花纹毯，宫顶倒悬着无数钟乳石宫灯。大殿正中，是龙王宝座，右边是擎天玉柱，雕龙画凤，宝剑高悬；左边为龙鼎，红烛高照，香烟缭绕。一面龙鼓摆列玉柱旁边，供早朝击鼓之用。这个大自然雕刻的艺术宫殿，可与首都故宫的金銮殿媲美，雄伟壮丽，气派非凡。

游人至此已游完1200米游程，还有1500米洞穴正在开发。如果有兴趣，可借助手电光，观赏龙潭、蛤蟆石、倒吊和尚等景。距龙宫洞数百米处，同一海拔高层有更早发现的玉壶洞，那里的层层梯田、蝙蝠厅、船码头，别具风味。龙、玉二洞，都是洞中有河，驾舟游览，可以领略《桃花源记》中的情趣。出龙宫洞不远，还有仙真岩、太平天国军事遗垒。站在遗垒旁，环视乌龙山，青峰欲滴，异花飘香，莺鸣翠竹，松风叩耳。

　　十里扶筇秉烛游，

　　信知仙洞异凡流。

　　我来不忍回头去，

　　恐坠西山红日头。

游完洞，读一读无名氏留在洞壁的诗，真有"转头望断意不断"之感。

题九江黄远生纪念研讨会（二首）

（一）

滔滔九派育才英^①，
笔战枭雄天地惊^②。
字字抨敲千夫指，
篇篇激励万民心。

（二）

牯岭脚下研遗著，
竹泉庄中学精神。
百家畅怀抒己见，
万世犹吊一忠魂！

【注释】
①九派，指九江，也可指长江。数条江河汇入鄱阳湖，流入长江，九江可能由此得名；清末民初，著名记者、政论家黄远生（字基，名远庸），九江人。他不但政论、时评写得出色，也是现代通讯的开山鼻祖。
②枭雄：指袁世凯，黄远生闻知袁世凯称帝，坚决反对；袁始拉拢，拉拢不成，派人四处追杀。1915年12月25日黄在美国旧金山遭暗杀。

1985年9月6日作于九江市

九江一日游两首

烟水亭感怀

烟水亭上紫荆开，
依稀琵琶旧日哀。
东风一夜催新绿，
九州生气襄风雷！

浔阳楼有感
宋江题反诗

虎落荒丘欲寻仇，
笔端胆气慑九州。
水泊梁山聚豪杰，
一部《水浒》写春秋。

忠义堂上扬忠义，
攻城略地展权谋。
"招安"一策酿悲剧，
长使英雄掩泪流。

2008年4月7日（农历戊子鼠年三月初二）夜作于九江交通宾馆

附：宋江浔阳楼题反诗两首

其一

自幼曾攻经史，
长成亦有权谋。
恰似猛虎卧荒丘，
潜伏爪牙忍受。

不幸刺文双颊，
哪堪配在江洲。
他时若得报冤仇，
血染浔阳江口！

其二

身在山东心在吴，
飘蓬江海漫嗟吁。
他年若遂凌云志，
敢笑黄巢不丈夫。

赞南昌英雄城

一城春色半城湖，
星分翼轸接衡庐①。
高阁千古王勃序，
繁华百代唯洪都②。

改革东风染新绿，
一江两岸展宏图③。
红旗红歌歌浪漫④，
风景独好惊世殊！

【注释】
①王勃《滕王阁序》中有"星分翼轸，地接衡庐"句。
②南昌又称洪都。
③指南昌市"一江（赣江）两岸"新的战略发展布局。
④南昌是"八一"军旗升起的英雄城。

2010年初春作于北京文阁斋，11月3日修改于山东临沂市

献给你——梅

你的突然降临，
使我潜伏的激情，
像三峡瀑布一样翻滚。
我想倾诉，
但在你面前，
我却像乡村小姑娘
乍到省城。

你是一朵不被人注意的素梅，
但在我心中，
你是美和智慧的象征。
别了，
而我的心却像小鸟早已飞越长江，
到达你的小城。
长江，
接受我的祈望吧，
用你的圣水，

洗涤我们的友情，
使她永远永远纯真！

1960年6月16日作于彭泽中学

【后记】

　　梅，住瀼溪镇原下街我家对面，是两小无猜的小学同学。她勤奋好学，天真无邪；她是我儿时心中留下最美好印象的小朋友。自中学偶然相见，五十一年不知音讯，小梅你好吗?

2011年6月16日于北京

江 城 子

——听某君彻夜长谈后戏作

秦皇岛外水茫茫，初相见，永难忘。关山阻隔，岂可断思量？秋风萧瑟忽相遇，两惊喜，情意长。

杜鹃声里梦梨乡，花思貌，霓想裳。天缘巧合，夜雨诉衷肠。料得年年相思处，梨园峪，凤呈祥。

1969年春夜作于烟台市

江 城 子

又梦杜鹃啼

　　十年相别两茫茫，偶思量，早已忘。千里送帆，何处觅兰桨？纵使相逢岂能识，儿女累，鬓毛霜。

　　明月催梦忽还乡，小板房，又开窗。相视无言，惟情涌心房。料得年年相恨处，杜鹃啼，南山冈。

1978年春夏之交某夜大雨之后作于北京陋室

无　题

音断香消咒逝川，
魂思梦破惊花残。
喳喳喜鹊望归渡，
皎皎玉兔照无眠。

1990年夏夜作于北京陋室

第二篇章

爱雨随心翻作浪

"嫦娥一号"卫星探月有感

忽报"嫦娥"飞月宫，
寂寞广寒动欢容。
激情万户流喜泪①，
皎皎玉兔披彩虹。

几曾伏虎感日月，
而今探空跃九重。
好客吴刚摆酒宴②，
同庆巨龙震苍穹。

【注释】
①万户，是明代坐自制火箭升空的英雄，也是世界探空第一人，月球上有以他名字命名的万户山。
②毛泽东《蝶恋花》有"吴刚捧出桂花酒"名句。

2007年10月28日夜（农历丁亥年——猪年九月十八日）作于山东临沂市汇东宾馆

观"神七"宇航员太空行走感怀

百年奥运喜圆梦，

太空行走又逞雄。

宇宙开发非梦幻，

五星旗飘天宇红。

星空铺就通天路，

壮志凌云中华龙。

神七满载和平愿，

一飞只为环宇同！

2008年9月27日夜于北京文阁斋

颂澳门回归

积贫积弱国堪忧，
莲荷宝岛遭寇蹂。
伶仃洋外苦伶仃，
风雨不归使人愁！

国势日隆屹五洲，
"一国两制"好智谋。
改革春风开新宇，
映日荷花傲潮头！

1999年12月20日凌晨作于北京

我是一条龙

（歌词）激昂雄恢 大气磅礴
（为中华人民共和国六十周年而作）

（一）我是一条龙，来去影无踪，
俯仰傲太空，洞察宇宙穷；

（二）我是一条龙，隐身东海中，
静卧待天时，腾飞裹雷风；

（三）我是一条龙，携雨惠万众，
五洲升平乐，环宇享大同；

（四）我是一条龙，天骄炎黄种，
上下五千年，文脉再兴隆！

2009年3月11日【即农历己丑（牛）年二月十五日】
作于北京书斋

五星红旗，我为您骄傲！

——为欢庆共和国六十华诞而作

（一）

五星红旗——
先烈血染的红旗。
六十年前的十月一日，
在北京天安门广场，
在雄伟、激昂、壮丽的国歌声中，
冉冉升起。
世纪伟人毛泽东
以气壮山河的声音，
向全世界庄严宣告：
"占人类总数四分之一的
中国人从此站立起来了"！
斗转星移，山呼海笑，
新生的中华人民共和国诞生了。
她像朝气蓬勃的一轮朝阳，
在隆隆的二十八响礼炮声中，
在亿万人民的欢呼、拥抱中，
喷薄而出，光芒四射，
升起在世界的东方，
温暖着神州大地！

（二）
"站立起来了"的中国人民，
六十年风雨兼程，
经过抗美援朝、
抗美援越的战争洗礼；
经过三年困难的艰苦磨砺；
又经过"文革"的十年浩劫；
两代人节衣缩食，艰苦奋斗啊，
永不言败，跌倒又奋起，
牢牢打下——
共和国四个现代化的根基。
"两弹一星"上天，
东方巨龙显神威，
笑傲九天，
扬眉吐气！
西方落叶潇潇下，
凄风苦雨，有人泣……

（三）
东风满眼醉，
春雷震大地，
改革开放，
潮起潮涌，
气象万千；
赶潮弄潮，
中华儿女，

显示出极大的豪情、胆略
和创新、创造力。
新事物层出不穷啊，
创造了一个又一个奇迹：
三十年，历史一瞬间，
中国综合国力，
跻身世界三强，
并向更高目标挺进；
"嫦娥一号"绕月，
一个个英雄宇航员胜利飞天，
五星红旗在浩瀚太空啊，
自由地舒展飘逸！

（四）
五星红旗——
先烈血染的红旗。
一大四小的五星，
犹众星向北斗，
象征着五十六个民族，
紧紧团结在中国共产党周围，
为中华民族的和平崛起、伟大复兴，
为中国的独立、统一，民主与法治，
为百姓的富裕、安康，和谐与福祉，
为共和国千秋大业，
为世界的和平与发展，
团结奋斗、不屈不挠、前赴后继。

圆强国梦，
"一万年太久，只争朝夕"！

（五）
"中国人从此站立起来了"！
"站立起来"的中国人民，
在雄伟、激昂、壮丽的国歌声中，
在党的领导下，
高举五星红旗，
沿着中国特色社会主义道路，
五十六个民族——
血脉相连，
亲密无间，
团结、团结、再团结，
奋斗、奋斗、再奋斗，
义无反顾，
意气风发，
"鲲鹏展翅，九万里"，
试看天下谁能敌?!

2009年8月26日零时作于北京文阁斋

喜庆共和国六十华诞

饮水思源忆当年，
革命枪杆出政权。
《东方红》歌歌一曲，
斗转星移换新天。

六十华诞颂盛世，
九州生气喜空前。
改革开放垂青史，
江山代代谱新篇。

2009年8月15日夜，作于北京文阁斋

国庆六十一周年感怀

六十甲子又一年，
风风雨雨非等闲。
灾害频频成大考，
众志成城化危难。

上海世博成绝唱，
经济腾飞惊人寰。
蚍蜉撼树谈何易，
泰山压顶镇凶顽。

2010年8月12日作于北京，9月15日夜修改于山东临沂市

北京奥运会落幕感怀

梦圆奥运在北京，
健儿争雄日日新。
五十一金诚可贵，
中华文明犹堪钦。

和字谱写和平曲，
赤诚尽显华夏情。
世间万物何为贵？
奥运一诺抵万金！

2008年北京奥运会落幕之夜作于北京

中华民族，挺起胸膛

——写在5·19为汶川大地震死难同
胞全国默哀之后

山崩地陷，
生灵涂炭。
汶川巨震，
华夏悲怆。

汽笛长鸣，
国旗半降。
举国上下，
哀此国殇！

逝者安息，
生者刚强。
抢救生命，
荡气回肠！

大灾大爱，
风范泱泱。
捐款捐物，
慷慨解囊。

军民团结，
天下无双。
精神不死，
复兴有望。

擦干眼泪，
掩埋遗体。
中华民族，
挺起胸膛！

【注释】
　　此诗已选入《汶川地震诗选》

2008年5月19日于山东临沂市

献给谭千秋老师

——并向汶川地震死难教师致哀

您是一名普通教师，

年复一年，日复一日，

迎着彩霞，披着星星，

走在崎岖的山路上，

为了祖国的未来，

为了祖国的花朵，

您不辞辛苦地，

耕耘灌溉，

灌溉耕耘……

平凡又豪迈。

您是一名普通的教师，

您是人类灵魂的工程师，

您深知肩上的神圣职责：

传道、授业、解惑。

年复一年，日复一日，

教书育人，

呕心沥血；
严肃认真，始终如一，
循循善诱，从未懈怠。

"5·12"，14时28分，
汶川亘古特大地震，
灾难突如其来。
震动半个亚洲，
震惊整个世界。
里氏八级，裂度11，
超过成百原子弹威力！
一瞬间，天昏地暗，
山崩地裂，江河呜咽，
千万生灵被活活掩埋。

就在这一瞬间，
您把生的希望留给学生，
您把死的危险留给自己。
四个幼小生命逃过一劫，

依然鲜活，依然灿烂。

而正是因为您——

用自己强壮的身躯

紧紧抱着课桌，

桌底下护卫着您的学生——

四个祖国的未来！

江河为之呜咽，

祖国为之骄傲，

十三亿儿女，全球华夏子孙

向您致敬、默哀！

您——谭千秋

一位普通教师，

一位人类灵魂工程师，

一位铮铮铁骨的民族英雄，

将千秋不朽，不朽千秋，

因为您献出的是人类永恒的大爱！

2009年5月19日于临沂市

凤凰涅槃 （四首）

——汶川地震周年祭

（一）

天意昭然，凤凰涅槃。
天柱折，地维绝，
岩浆喷发，地火炎炎，
烟雾迷蒙，腥风血雨，
八万生灵，消失瞬间。

（二）

天意昭然，凤凰涅槃。
凤即即，凰促促，
汶川地震，撼地惊天，
鬼神暗泣，江河呜咽，
千万灾民，忍受饥寒。

（三）

天意昭然，凤凰涅槃。
火光雄，烟雾漫，
生命召唤，大爱召唤，
滚滚人流，暖暖爱流，
驰援汶川，爱洒汶川。

（四）
天意昭然，凤凰涅槃。
浴火缘，重生欢，
废墟重建，再造河山，
中国精神，人性光辉，
灾区旧貌，变了新颜！

汶川大地震周年前日夜作

一路走好，扎西德勒，阿福（四首）

（一）

黄福荣——
香港一位普通货车司机，
一位朴实无华的义工，
他善行天下，
在香港大街小巷，
在汶川地震灾区的角角落落，
在青海高原玉树，
在全国很多很多地方，
到处留下他仗义行善的身影，
他普普通通，却忙忙碌碌。
他祈福，送福，
人们亲切地称他阿福！

（二）

他好事善事做了很多很多，
但他却说做得很少很少，
他身患糖尿病，
每天需打两次胰岛素，
他带着病躯去玉树孤儿院，
详尽了解孤儿急需，
尽可能为孤儿做得更多更多，
他行事匆匆，每天忙碌……
去玉树的第7天——

珠泪集 第二篇章 爱雨随心翻作浪

4月14日7时49分，
突如其来的7.1级大地震，
天崩地陷，地火炎炎，
烟雾迷漫，江河呜咽，
美丽的三江源，
美丽的玉树，
顷刻间化为废墟一片。
死神降临，
黑暗降临，
2000余生灵，
2000余同胞，
命丧黄泉，
消失在瞬间。
这是伟大祖国母亲的丧子之痛啊！
是全球亿万炎黄子孙的连心之痛！
胡主席、温总理亲临救灾第一线，
送去了温暖，
送去了信心。
全党全军全民动员，
滚滚车流，
浩浩人流，
暖暖爱流，
地空一体，
水陆并进，
倾举国之力，
紧急大救援，

争分夺秒，
抢救生命，
生命奇迹，
人性至善，
灵光再现！

（三）
在那千钧一发时刻，
在孤儿院已脱离危险的黄福荣，
得知一位老师、三位孤儿，
还压在二楼一间课室，
他义无反顾，
冲向余震中的二楼，
将老师和三名孤儿，
奋力推向生的窗口，
难以想象啊，
他柔弱带病的身躯，
哪来这千钧之力？
冥冥之中，似有神助。
老师和孤儿得救了，
而我们的阿福，两小时后被救，
他奄奄一息，
用微弱的声音问：
"孩子们和老师都还好吗……"
得知老师、孤儿被救，
他安详地闭上了双眼。

阿福，阿福，人们呼唤着，
阿福，阿福，孩子们哭泣着，
亲爱的阿福，用生命的最后
一搏，
把生的希望留给别人，
把死的危险留给自己。
他耗尽最后一口力气，
永远永远睡去了……
山河为之变色，
天地为之悲哀。
阿福，阿福，
玉树灾民的阿福；
阿福，阿福，
中国人民的阿福！
您是我们炎黄优秀子孙，
您是中华民族不朽的英雄。
您虽死犹生，虽死犹荣，
您身盖香港紫荆旗荣归故里，
您带着民族大爱含笑九泉。
您是中华民族几千年文明的象征
和结晶，
您是仁义天使，又是仁义化身，
仁行天下，天下归仁。
上善若水，善莫大焉！
您说过：
"如果我们志愿者，

为公益死在路上，
是上天给我们的幸福。"
您终于修成正果，
您得到应得之幸福。
您无家财万贯，
而您的善心善举，
仁德仁行，
万民敬仰，
是无比宝贵的财富！

（四）
您祈福，送福，
更多生命被抢救，
更多母亲被抢救，
更多儿童被抢救，
更多孕妇被抢救。
大爱呵护，母子平安，
婴儿第一声啼哭。
正昭示：
凤凰涅槃，浴火重生，
新生玉树，
生命永续！
"新校园，会有的"，
"新家园，会有的"！
总书记的许诺，
字字千金，

人民的期盼，
热切殷殷！
诚至福至呵，
伟大的义工，
您祈福，送福，
福满乾坤，乾坤盈福。
放心吧，阿福，
大爱在延续。
一路走好，走好，
扎西德勒，阿福！

2010年4月21日为玉树地震遇难同胞全国哀悼日之夜
作于山东宏艺科技股份有限公司公寓楼203室

千秋岁

——贺中共九秩华诞

山河破碎，内忧兼外患。国濒危，民苦难。十月炮声响，华夏马列传。创新党，唤起工农千百万。

瞬间风云变，血染腥风寒。井冈火，正燎原。斗转星光灿，人民坐江山。与时进，壮怀九秩弄潮先。

2011年5月7日作于山东省临沂市

第三篇章

观今宜鉴古

怀念大禹（二首）

8月17日夜，完成四川一大稿写作，时至次日2时，忽然想起大禹治水，浮想联翩，吟诗一首如下：

（一）

浩浩黄河东去，
滚滚浊浪排空。
长河野马失控，
泽国万堤裂崩。
九年治水不力，
魂 断 "堵" 字之中[①]。

（二）

治水一十三载[②]，
巍巍大禹神功。
一个 "疏导" 妙诀，
为民制服黄龙。
岁岁安澜可贺，
代代精神传颂！

【注释】
①禹之父鲧，奉舜命治水，采取筑堤、堵的办法，九年不治，被舜杀于羽山。
②大禹接之受命治水，十三年三过家门不入，总结教训，采取了疏导江河为主，辅以筑堤，成功治水，而被舜立为接班人。

2000年8月18日2时至3时作于北京陋室

观京剧《霸王别姬》有感

志存霸业恋情思，
天下奇女唯虞姬。
剑舞帐前悲难已，
自刎香消鬼神泣。

楚音一夜催乡泪，
军心摇动撼王旗。
乌江梦断壮心死，
头颅割舍血溅衣[①]！

【注释】
①项羽兵败，自刎乌江，壮怀激烈。

2006年11月30日夜作于北京斗室

读史偶感（三首）

偶然卧病，读史至夜深，读到伤心处，泪流满面……

（一）

窗前梧桐阴森森，
院内花圃香冥冥。
孤卧病榻唯书伴，
深夜读史到五更。

（二）

汉家冤屈何日了，
华夏杀伐几时停。
新鬼愁怨旧鬼哭，
上苍震怒海难平。

（三）

秉笔直书太史笔，
民贵君轻孟圣人。
圣贤回天亦乏力，
仅将薄酒祭冤魂！

2009年7月某夜作于异乡病榻之上

吊梅妃

——看上海京剧院上演《梅妃》有感

秀枝立宫苑，
恩承百花前。
无奈君幸难为久，
大难摧花残。

此残非彼残①，
香殒芳自传。
待到瑞雪纷飞时，
声声红梅绽②。

【注释】

①梅妃与杨贵妃，均因安禄山造反而死，但死因不同。梅妃因唐玄宗拒其跟随逃亡而自缢；杨贵妃则因禁军将领陈玄礼等诛杀误国奸臣杨国忠之后，以"后患犹存"为由，禁军不进，强烈要求赐其妹贵妃杨玉环一死，唐玄宗无奈，杨贵妃被缢死于马嵬驿佛堂。

②腊梅花在大雪纷飞中绽放，梅花绽放时，噼噼啪啪，犹如爆竹声声，热闹非凡。

2007年8月23日夜作于北京斗室

寻乌感怀（四首）

（一）

寻水绕九折，
千山险万端。
陆舟穿雾海[①]，
翠树鸣杜鹃。

（二）

伟人乘鹤去，
真经赖真传[②]。
不学赵家子[③]，
纸上论雄关！

（三）

实践出真知，
决策靠调研。
改革风雷动，
农村独领先[④]。

（四）

壮志循马列，
探索写新篇。
江山添异彩，
长虹贯九天！

【注释】
①陆舟，指所乘吉普车。
②1930年5月，毛主席亲自到江西寻乌县调查20多天，主要了解城市民族资产阶级和小资阶级状况及商业发展情况，写下了《寻乌调查》和《反对本本主义》两篇光辉著作。尤其是寻乌调查，写得十分生动、具体，至今仍闪耀着真理的光芒，具有很大教益。作者1981年10月遵命去寻乌采写《寻乌调查》的调查，受益匪浅，于毛主席诞生的12月26日，写了长篇纪念文章，纪念毛主席生辰。
③赵家子，指赵括，赵将，纸上谈兵，长平大败，秦坑赵降卒40万。
④江西改革，同全国一样，农民率先发起以大包干为主的农村农业生产责任制改革，农民真正成了土地的主人。

1981年10月19日至21日吟于寻乌探寻路上

题昭君出塞

国色天香若牡丹，
情真意切动心弦。
千古一女壮行色，
琵琶悠深启新篇。

干戈百年化玉帛，
和亲万代熄狼烟。
莫谓女子无大志，
义出边关薄云天！

丙戌年闰七月九日深夜作于北京斗室

题赤水河

赤水又经五十年，

昨日烽烟化雨烟。

溜溜切切甘泉水，

绵绵蜜蜜醉无眠。

【后记】

    从1986年8月13日至今，到贵州采访红军长征50周年故地，已经近一月。一路访遵义，沿着当年毛主席为摆脱蒋匪几十万敌军的围追堵截，以高超的军事指挥艺术，指挥红军四渡赤水之路，以及佯攻贵阳，调滇军出滇"救驾"，而巧渡金沙江的历史轨迹前行，心敬仰之。"四渡赤水之战"堪称彪炳史册的毛主席军事指挥艺术的得意之作。如今赤水河，沿岸都耸立着红军丰碑，当年烽火连天，而今变成美酒河："上游有茅台，下游有泸州，才到二郎滩，又饮郎酒与习酒"。是日，阴雨绵绵，欣然命笔而作此小诗。

1986年9月7日12时于贵阳市

水调歌头

镇北台①

大漠狼烟熄，和谐共翩跹。九边边陲重镇②，战马嘶鸣犹酣。功成名垂青史，白骨成堆堪怜，兴亡岂无边？凭栏与天语，苍穹却无言。

沙丘黄，夕阳红，呈奇观：冷月伴日同辉③，山河独斑斓！一阕《沁园春·雪》④，震惊文坛政坛，苍生实为天。唱响《东方红》，"四战"定江山⑤！

【注释】
①镇北台，建于明万历三十五年（1607年），位于款贡城西南角制高点，呈方梯形，四层叠起，总高30余米，占地5056平方米，是万里长城中，最为气势磅礴、恢弘的建筑，也是最大烽火台，号称长城三大奇迹之一（东有山海关，中有镇北台，西有嘉峪关），又称"天下第一台"。
②榆林，位于陕北北端，东临黄河，是陕甘宁蒙晋五省交汇处，历来为兵家必争之地，称为九边重镇。长城处于其中段，东连山西，西接宁夏，长达700余公里，成为"北瞰河套，南蔽秦陇"的重要防线。历史上出了不少名人，如大夏国缔造者赫连勃勃，西夏王朝建立者李继迁，北宋名将杨继业，南宋抗金名将韩世忠，"闯王"李自成等。解放战争时期，毛主席转战陕北历时一年零六天，在榆林8县34个村生活战斗过，留下可歌可泣的革命史诗和革命圣地。如今榆林又被称为中国的

"科威特"，煤、天然气、石油蕴藏极为丰富，是西气东输、西电东送、西煤东运的重要源头，也是正在建设中的"能源新都"。

③2010年10月17日下午，作者随首都记者一行参观完红石峡后，又登镇北台，看到日月同辉的壮观场面，我们非常兴奋，而解说员却告，这里看日月同辉比较普遍，这不奇中又是一奇。

④毛主席雄视古今的《沁园春·雪》就是居住在清涧县高杰村袁家沟时，看到"千里冰封，万里雪飘"的壮阔雪景，而发出的千古绝唱；而毛主席去重庆谈判，柳亚子"索句"，毛主席赠的正是这首词，一经发表，立即震动重庆山城，也震动了中国文坛政坛。作者认为，主席这首词，不仅大气磅礴，雄视八荒，傲视群雄。更主要的是，主席以苍生为念，以苍生为天，决心领导处于水深火热中的苦难的中国人民，推翻"三座大山"，创建人民自由、民主、独立、富强、幸福的新中国的宏伟抱负和理想。

⑤《东方红》原创者是佳县张家村农民李有源；后传到延安，经作曲家贺绿汀和李焕之编谱，形成后来的《东方红》，传遍全国，响彻环宇。解放战争，经过毛主席亲自指挥的辽沈、平津、淮海和"百万雄师"横渡长江的四大战略决战，消灭蒋匪数百万军队，横扫千军如卷席，把蒋介石一下扫到台湾孤岛上去了。

2010年10月17日夜初吟，完成于10月30日晚北京文阁斋

会昌南山岭感怀

塔犹在，

城益坚，

西河潺潺。

霞披南山，

层林尽染，

喇叭声声伴炊烟。

昨日雄关今又是，

男儿跃马更催鞭，

盛况空前。

【注释】

南山，就是毛主席"会昌城外高峰，巅连直达东溟"句中的"高峰"。

1981年10月25日，会昌采访，晨跑步赴南山途中吟咏而作。

夜宿将军岭（三 首）

（一）

既沐阳光浴，
又沾雨露恩。
微微晨风暖，
声声杜鹃鸣。

（二）

将军岭下宿，
金戈绕梦魂。
改革探新路，
开放助复兴。

（三）

江山归一统，
华夏享太平。
两岸团圆日，
寄语告元勋。

【后记】
　　5月24日去河北涉县采访，正逢涉县久旱逢甘霖，涉县县委宣传部同志戏称是作者给涉县人民带来了甘霖，作者纠正说，不，是党带来阳光，也带来甘霖。涉县是太行山著名抗日根据地，涉县赤岸村又是刘（伯承）邓（小平）一二九师司令部所在地；涉县还是刘邓发迹之地，刘邓所部来时仅有3万人马，至解放战争，刘邓奉毛主席、中央军委之命率军挺进大别山时，人马已壮大到30万之众。 巍巍石碑上镌刻的雄健苍劲的红色"将军岭"三字，为邓小平手迹；刘伯承、黄镇等元帅、将军的骨灰均埋于将军岭下，为世世代代百姓所敬仰。其夜住宿将军岭，抚今追昔，夜不成眠……

1999年5月25日晨作于河北涉县将军岭

题赤山法华院

国花汇宝地①，
赤山仙气灵。
佳话传三国，
法华共一经。

文化流千古，
明史以为镜。
干戈化玉帛，
韵和国势兴②。

【注释】
①国花，指赤山法华院同时育有牡丹、木槿、樱花，而此三花分别为中、韩、日三国国花。
②韵和，指和平、合作与交流将促进三国国运昌盛。

2001年5月某日作于石岛宾馆

亮剑（三首）

——沈阳之夜突降大雪感怀

（一）

风云骤变，

飞起玉龙三百万，

周天裹星寒！

（二）

亮剑，亮剑，

封喉溅血斗倭顽，

一战洗仇冤！

（三）

钓鱼宝岛，

祖国明珠唱凯还，

百代享安澜！

2010年12月12日沈阳大雪之夜作于辽宁省军区招待所

致知首重格物功

弄潮者祭

——晨起观雪落雪消有感

风卷潮头急，
浪埋壮士魂。
雪融原上草，
花开总关情。

1998年2月17日作于北京

题苦杏仁花

千山拥青翠，
万壑弄云姿①。
北国报春晚，
南客恋花痴。

【注释】
①苦杏仁花开，千山万壑，像一片片白云，舞姿弄影。
【后记】
　　从北京顺义、怀柔，往北到河北丰宁县，一路崇山峻岭，千山万壑，到处长满野苦杏仁花，像天上白云，千姿百态，我与陪同去丰宁采访的河北省供销社同志一起照相留念，欢声笑语溢于山间。

1998年4月8日吟于北京至丰宁路上

丰宁感怀

千山万壑赴丰宁，
两河涌起润京津[①]。
九龙蛰伏待机变[②]，
三江滚动响雷鸣。

【注释】
①两河指潮河、滦河，均发源于丰宁；两水滋润着北京、天津的土地和人民。
②九龙，指丰宁著名的九龙松。

1998年4月9日作于丰宁县县政府招待所

晨游北京团结湖公园有感（二首）

（一）

桃开红千树，

柳发绿万条。

笼鸟啼声急，

飞鹰搏云高。

（二）

男儿立远志，

风雨岂动摇？

自由诚可贵，

遨游击九霄！

1990年4月28日作于北京陋室

无　题（二首）

（一）

窗外翠竹迎新客，
室内孤灯伴晓昏。
运交华盖悲难已，
翻身碰头对月吟。

（二）

自古谋私难成圣，
脱尽凡胎登玉京。
炼得元气贯日月，
揽住真情暖霓云！

【注释】
　　霓，虹的一种，又称副虹。色鲜者为雄，曰虹；色暗者为雌，曰霓。

【后记】
　　办公室搬迁，新办公室不新，但窗前翠竹丛丛，有梦回江南之感；想命运如蓬，随风飘零，感慨系之。

乙亥年十月十七日于北京

无　题

——赠一位学友

往事如梦烟雨濛，

人生似筝命随风。

恍惚漂泊几十载，

一朝顿悟走江篷！

2000年2月2日于北京陋室

游四川宜宾长林竹海感怀（二首）

是日，宜宾同志陪同，游长林竹海，8万亩竹林，绵延120公里，号称全国之最。参观之后，特赋诗两首。

（一）

长林有仙气，
竹海接云天。
九叠吐龙湫①，
百里遇仙缘。

（二）

铁索悬天际，
揽车掠竹尖。
闲步忘忧谷②，
怡心颐天颜！

【注释】
①九叠，指九叠瀑布。上有悬瀑下有深潭，称"龙湫"。
②林海中有忘忧谷，竹海波涛，小桥流水，如入仙境。一入此谷，世间一切烦忧，统统忘却干净。

2000年7月2日夜作于宜宾市

赠青霞女士

是日晚，人事部常务副部长、原江西省委书记舒惠国与江西几位老乡、朋友一起聚会，晚宴后，卡拉OK，大家尽兴，音乐学院毕业的青霞女士一曲藏歌美妙嘹亮，而藏舞亦是传神多姿，令众人十分陶醉。特赋小诗以记之。

藏歌一曲遏行云，
舞姿轻摇竟勾魂。
人生难得入梦幻，
瞬间拥有回味深。

2002年7月21日夜即兴而作

赠某作家

饮茶京都正逢秋，
久违来客志满踌。
著作等身夸四海，
谎言千遍不知羞。

自诩通天神灵大，
欺世盗名几时休。
历史沉渣又泛起，
岂废江河万古流！

2005年7月7日作于北京文阁斋

【后记】

　　此君未发迹时与我相识，来北京即来我处，称我们是朋友；发迹后，来往甚少。以后因人相托相求又有联系，进而谈到某种合作，之后发现他的合作是道地谎言，而通天之说，某某大公司董事，怀疑亦是自吹自擂，无非自抬身价而已。在他欺骗暴露之后，我曾电话斥其"大作家为什么要大搞欺骗，是否有失大作家身份、水准？"他一气之下，挂断电话，从此杳无音讯。不料最近他在中央台亮相，却是身陷囹圄，我心里一阵酸楚，真是可悲可叹。骗子，不管大骗，小骗；高级骗，低级骗；文骗，武骗，最后都不会有好下场。

2010年11月26日夜记

骗子纷纷落网有感（二首）

（一）
白骨修炼变成精，
坑蒙拐骗害万民。
魔高一丈连环计，
现代"唐僧"险象生。

（二）
多行不义必自毙，
法网恢恢显威灵。
警民慧眼识妖孽，
重典千钧现原形！

2008年7月28日（戊子鼠年六月二十六）于北京

无　题

——想起某大学教授关于彻底性解放 及"天下文章一大抄"之类谈话

灵魂大师无灵魂，
自吹自擂现原形。
网上下载报刊卖，
牛头狗尾谁较真？

道貌岸然满口仁，
流氓成性丧斯文。
"便宜不占白不占，
哪家猫儿不偷腥"？

【后记】

　　一次去某城市采访，台湾一朋友约一帮人酒楼相聚，某大学一教授姗姗来迟，众人等得不耐烦，他忽然出现。初次见面，出语惊人："对不起，晚到了。知道为什么迟到吗？我刚泡完妞，兴头上，把约会忘了。我是主张性解放的，而且是主张彻底性解放，泡妞、偷情，没有见不得人的，只要是漂亮女人，不管是歌厅小姐、宾馆酒楼、招待所服务员、年轻寡妇、有夫之妇，即便朋友之妻，都要统统勾到手。便宜不占白不占，哪家猫儿不偷腥哩！你们不行吧，哈哈，落伍了！"歇了口气，他又接着说："人生苦短，你们何苦呢？及时行乐吧！"说完这篇高论，然后分发他自己出的一本文集说："我这本文集，每篇都是美文！说实话，绝大部分都是网上下载下来的，'天下文章一大抄，看你会抄不会抄'，我是会抄高手，网上东西很丰富，傻瓜才去冥思苦想搞创作呢。好，好，我就说到这里，大家有空翻翻，聊作消遣。"余佩服这位著名教授的大胆自吹和赤裸裸的自白。这位人类"灵魂工程师"的灵魂也就暴露无遗矣。

2008年8月19日作于北京，2010年10月21日修改于临沂市

成都野郊留宿戏题

一夜春雨润无声，
层层梯田苗转青。
几只黄鹂鸣橘树，
三五野狗吠野村。

夜宿荒郊听天籁，
坐起简楼拥纯真。
家徒四壁尔莫笑，
桂花飘香待君迎！

1987年春作于成都郊区某山村

吊蝴蝶兰

婷婷蝴蝶跃枝头，
点点情思寄翠楼。
昨夜西风卷黄漫，
缕缕香魂遁九州。

【后记】

　　有人从云南带来一盆极为美丽、鲜艳的蝴蝶兰，实为花中珍品；而近日北京刮起沙尘暴，遮天蔽日，气温骤降，一盆蝴蝶兰，几近凋谢，余倍觉伤感，吟小诗以吊之。

农历壬午年二月初十作于北京斗室

题揭阳市双峰寺

晚钟催夜月，

飞鸟思归巢。

闲来卧佛寺，

心静听江涛。

【后记】

　　揭阳市压马山巷双峰寺，是宋绍兴十年（1140年），由僧人释法山所建，后又重建扩建，占地27000平方米，与潮州开元寺、潮阳灵山寺并称"潮汕三大名寺"。已故全国佛协主席赵朴初为寺宇题匾。幸存"虎"、"寿"二字碑。"双峰晚钟"，是揭阳市古八景之一。

　　2006年夏秋之际应《亚洲资本论坛》邀请而采写《"潮平两岸阔，风正一帆悬"——揭阳市崛起述评》时，偶感而作。

珠泪集　第四篇章　致知首重格物功

独步偶感

日暮青鸟唤情侣，
独步游子唯孤独。
萧萧北风裹星寒，
漫漫荒草觅荒路。

长歌寥廓起宏愿，
但得长虹化通途。
老骥伏枥犹未竟，
斯人虽逝有"三顾"！

2007年12月9日作于北京文阁斋

题金台园睡莲绽放（二首）

（一）

一夜雷雨洗碧空，
满池睡莲独峥嵘。
赤白相间成妙趣，
蜻蜓点水掠花丛。

（二）

雷震如鼓惊睡梦，
雨撩睡衣醒朦胧。
情窦初开享浪漫，
蜂蝶挑逗恋情浓！

戊子（鼠）年五月初十（2008年6月17日）
13时12分至13时40分吟咏于人民日报金台园睡莲池畔

登槎山有感（二首）

（一）

道德宏卷遗槎山^①，
渔家情怀续新篇。
巍巍九鼎浮黄鹤，
灿灿八宝生紫烟。

（二）

定风珠还海如镜，
公孙树茂花争艳。
山盟亭上迎玉女^②，
月亮湾畔舞蹁跹^③。

【注释】
①槎山，为荣成市第二高山，山虽不高（主峰清凉顶仅539.8米），但名气很大，被称为东黄山。《封神演义》第45回，姜子牙遣人借定风珠，就指此地，"九鼎铁叉山，八宝灵光洞"，即指此山和玉真（度厄真人）修道之所，故这里是著名的道教圣地；而清凉顶上之千真洞，有明代石雕千佛群。千佛层层排列，手法严谨，类似新疆克尔孜千佛洞、敦煌莫高窟、大同云冈石窟，属北魏隋唐窟形。
②山上有山盟亭、孙膑卧像等景点。
③山南有映女湾、月亮湾、院夼村等，泛舟点点，或捕鱼，或海耕养殖，热闹非凡。

2001年4月23日登槎山之夜作于荣成市

开 悟

——大病初愈有感

命悬一线叩鬼门，
判官无私查死生：
历数行善添阳寿，
祖宗积德又加分。

生死有命岂由己，
富贵于我如浮云。
鹤翔九天听天乐，
黄土三尺可埋人。

2009年10月19日于北京文阁斋

橘 颂（三首）

（一）

忽记初秋南丰行①，
橘园千顷绿映金。
灿灿朱实香溢远，
淡淡素装裹云深。

（二）

心恋故园恶迁徙，
枝爱独立绝离淫②。
惟怜无私根自固，
更喜寒暑炼忠贞。

（三）

岁寒三友虽高洁，
清香朴实最宜人。
屈子浩气今安在？
吴楚犹作《橘颂》吟③！

【注释】
①作者1981年初秋曾到闻名中外的蜜橘之乡——江西南丰县采访。
②离淫，指表面的浮华。
③《橘颂》，屈原名作。

1990年秋作于北京陋室

惊 雪

晨起，乍见窗外漫天大雪，若有所感，欣然命笔：

漫雪潜入夜，
浸物润无声。
梅花惊寂寥，
万卉顿醒魂[1]。

仙鹤鸣高志，
淡泊有德馨。
时来运势转，
一展傲风云！

【注释】
①梅花在大雪中绽放，发出噼噼啪啪的声响，惊醒万卉、万物，而开始萌发新生。

1997年元月4日于北京文阁斋

江南归（二首）

（一）

大地如织锦，
七彩绘斑斓。
思想任驰骋，
写意畅犹酣。

（二）

"必然"到"自由"，
风骚独领先。
九九归一统，
华夏尽欢颜！

2004年4月4日吟于合（肥）徐（州）高速公路途中

京城瑞雪之夜怀梦

姗姗瑞雪润京城，
绽放红梅催新春。
依稀巫山播云雨，
惊闻神童降凡尘。

善育天娇赐洪福，
千秋伟业有传人。
胸怀天下博今古，
心蕴仁义佑万民。

2008年1月16日瑞雪之夜（农历丁亥年十二月初九）
梦游而作于北京文阁斋

京城闹春有感（二首）

　　北京玉兰花开了，迎春花开了，桃花则忙着打蕾了，真是一片春意盎然的景象。而余在北京城工作生活了36年之久，一晃已到退休年龄。虽无辉煌，但兢兢业业；历经磨难，而壮志弥坚；坦坦荡荡，无怨无悔；大悲大喜，处之泰然。午饭后散步，欣喜之余，特吟小诗以自励：

（一）

花开人间树，

春闹紫禁城。

人老未迟暮，

重整赴征程。

（二）

解脱恩怨结，

超越有新生。

六十盼机遇，

辉煌靠力争！

2001年4月4日13时至13:30时午饭散步之吟

观落叶有感

落叶深深落几回？
秋风裹阴霾。
故园累累伤痕在，
回首伤心泪。

小池浅浅浅若何，
水浑王八鬼。
龙吟啸啸长叹息，
无奈待春雷。

1997年11月29日下午游团结湖公园观落叶而伤情，以小诗记之

和陆游《食粥诗》

——赠康康粥府

世间人人慕神仙，

岂知仙翁亦平凡。

吾得太公长寿诀，

粗茶淡粥养天颜。

【后记】

作者远祖山东，祖谱载，原姓姜，实为姜太公后世子孙。

丁亥（猪）年八月二十七日于临沂市

"康康粥府"食粥后偶感和作

多日黄沙漫京城后
夜遇春雨喜极而感

初夜春雨洗京城，
新芽着露柳条青。
敢借京天积雨云，
风疾西南拯灾民^①。

心存善念感天诚，
雷声万里传佳音。
滇黔桂川降甘霖^②，
天遂人愿又一春。

【注释】
①报载广西、云南、贵州、川渝等地区久旱无雨，河干库浅，土地龟裂，受旱面积十分广阔，春耕、春播受阻，2000多万人口及牲畜饮水困难，心甚忧之。
②刚写完前四句诗，忽获中央气象局报广西、云南、川渝等地降雨，有些地方还是大雨，虽不能全部解除旱情，但也是久旱逢甘霖（久旱之大雨），余窃喜之；与此同时，党中央、国务院正采取重大措施，动员党政军民积极投入抗旱救灾之中，余心更喜之。

2010年3月24日夜至25日2时作于北京文阁斋

春 咏

傍晚去报社大院散步，在桃花间流连，吟小诗一首：

桃花撩人眼，

万朵压琼枝。

香浸满园翠，

迟暮赏春痴。

2004年3月27日（甲申年二月初七）作于北京人民日报大院

春之思（二首）

（一）
北风刺骨骨似冰，
嘴角凝香香销魂。
无邪心声声催泪，
有韵诗情情添情。
（二）
多情总被无情扰，
人生如戏莫较真。
他年岭青青如画，
野桃含笑笑晚云！

1983年11月13日深夜题于北京陋室

柳絮无怨

柳絮飘飞凭谁诉？
一任东风迷归路。
莫道弱质无怨语，
五色瘠地耐久住。

依依离情诚难顾，
冲天豪气岂可缚？
他年春雷震如鼓，
红雨泼地绿新树！

乙亥年阳春三月十六日作于北京陋室

梦游桃花溪

风清日丽桃花溪，
蝶舞莺啭游人戏。
人面桃花留连驻，
桃花人面两相宜。

花溪桃花映日丽，
雨露润花花更迷。
流水无情催花去，
残花飘零谁人泣？

2007年12月19日夜睡起而作于北京文阁斋

梦中人

邻家有女初长成，
春风一笑百媚生。
柳眉凤眼秋波转，
丰胸软腰紫罗裙。

天生丽质兼高雅，
腹有诗书满经纶。
妙语连珠惊四座，
倾国倾城顿销魂！

2009年6月12日晨起作于郑州鑫地快捷酒店

偶　感

历尽浩波心犹静，
荡平五岳乱云飞。
魔高千丈难成圣，
道仅一尺法网恢。

行善作恶终须报，
于无声处听惊雷。
故园回眸应含笑，
春去春回鸟啼归。

1994年8月27日夜作于北京文阁斋

偶饮茉莉花茶有感

桃花虽艳丽，
茉莉独芬芳。
入茶化暑热，
进口隔夜香。

身洁皓如雪，
泥污岂敢伤？
何时花堪摘，
彩虹映斜阳！

2007年12月16日夜作于北京文阁斋

劝世篇（三首）

（一）

君王不怕金屋累，
金屋藏娇娇安在？①
人去楼空空对月，
岁月悠悠几轮回？

（二）

今人未觉古人悲，
贪财敛色又胡来。
财色两去空复空，
唯有白骨荒塚埋。

（三）

雁过留声人留名，
洁身自好诚可贵。
任侠仗义胆气豪，
施仁惠民壮哉伟！

【注释】
①汉武帝许金屋藏娇；吴三桂做平西王，在云南昆明也做了金

屋（实为铜屋）藏娇。武帝金屋未见，而昆明金屋犹在。但楼在人逝。吴三桂因李闯王部将夺其爱妾而引清兵入关，爱美人而叛国；后因反对削藩，又叛清，终死于清帝之手，是双重悲哀，而为后人所不齿。

1998年5月9日深夜作于北京斗室

荣成观海潮

暮色苍茫观海涛，
海天一色衬天娇。
卧龙十载思腾跃，
横空出世倒江潮。

2002年8月6日于荣成市

深秋独卧

北国秋夜月满窗，
寂院梧桐语亦蒙。
孤卧被冷梦春里，
酣睡三竿嘴凝香。

【后记】

1986年11月13日晚熬了一个通宵完成后来在全国产生巨大影响的《破李贵海"关系网"》大通讯初稿写作，非常疲劳，14日上午沉沉入睡。中午突发灵感，而吟此小诗。

1986年11月14日作于河北省石家庄省委招待所

"五一"游红螺寺（二首）

（一）

红螺掩佛寺，

清泉济世缘。

云岫出无意①，

紫萝尽缠绵！

（二）

佳节踏青去，

欢笑留山巅。

佛心即我心，

回归大自然。

【注释】

①陶渊明《归去来辞》有："云无心已出岫，鸟倦飞而知还"句。

【后记】

　　2004年5月1日（甲申年三月十三日）某律师约外交部赵女士、人民日报焦女士和我四人去北京红螺寺一日游，晨8时出发，1小时里程，却车行3小时，约11时到达，路上车水马龙，寺院人如潮涌。从"水泥森林"，走向青山绿水，心情极佳。路上碰到10支结婚车队，又是一喜。中午饭桌上刚落座，突发灵感，5分钟内吟诗二首，以香烟盒背面记之。

　　　　　2004年5月1日（农历甲申年三月十三日）作于北京

忘了我

忘了我，忘了我，
我是一只闲云野鹤。
志在苍穹，
情系大漠，
来无寻踪，
去无定所。

忘了我，忘了我，
我是一只闲云野鹤。
志在高山，
情系流水，
云卷云舒，
潮起潮落……

忘了我，忘了我，
我是一只闲云野鹤。
心中有佛，
大象无我，
化作尘埃，
莲花一朵……

2005年3月10日作于北京文阁斋

无　题（二首）

（一）

风起青苹出山林，
雨叩晚窗润花阴。
花自芬芳迷蝴蝶，
蜂鸣花阴乱花心。

（二）

神游巫山襄王梦，
浪迹花丛梁祝魂。
庄生鼓盆歌未歇，
逝者如斯正兼程！

2009年5月22日雨夜作于北京文阁斋

无　题

酷暑烦怨独睡迟，
广寒姣好寂可知。
孤心相对愁千绪，
刘伶一醉笑当时。

1992年7月21日深夜作于北京陋室

南昌遇冰雪有感

雨裹冰雪袭南天，

心怀亲情走风寒。

可怜天下打工仔，

春节团聚梦难圆。

【后记】

　　近日来，南方数省遇暴雪、冰雨，天寒地冻，朔风凛冽。火车停开，高速公路封路，飞机停飞，千百万归乡过春节的民工路上遇阻；广州、上海、长沙、南昌等地数十万至上百万民工挤在火车站、广场，此情此景，令人感叹而泪下。

2008年元月28日（农历丁亥年十二月二十一日）
夜作于南昌阳明宾馆

无　题

月冷清光泻，
木独空枝寒。
孤灯虑思远，
残梦化蝶难。

【后记】

　　是夜，月亮特别圆，挂在冷枝上，顿感孤独、寒冷、圣洁……想起杜甫《江亭》中"水流心不竞，云在意俱迟"这名句，感慨不已。我也是水流依旧，而无心与物竞了。

1991年1月31日深夜作于北京陋室

悟

大浪淘沙，
朝朝暮暮，
英雄总被雨打风吹去。
断壁残垣荒草径，
何辨当年面目？

风云诡变，
翻翻覆覆，
孙猴猴急"造反"无所顾。
老君炉内炼筋骨，
岂脱如来法度？

【后记】

"悟"，觉悟，醒悟，感悟，大彻大悟。世界一切人与事，都是一种过程；物，也是一种过程，有如流星，转瞬即逝。只有时间和空间是永恒的。但时间也分现在时，过去时，未来时；空间无限广大，但也分此一空域，彼一空域，但空间的存在是永恒的。宇宙间一切事物，都按照客观规律，按照一定的法则（包括环境）而生，而死；有生就有死，有死就有生。生死有命，富贵在天，天命不可违。正如孙悟空可翻10万里筋斗云，但却难逃如来佛祖的掌心一样。生死相依，兴亡相继，悲欢相续，这是一条铁律。故，人生无需大悲，也无需大喜；淡定，是一种人生态度，更是一种人生境界和情怀。

2000年9月26日深夜有感而作于北京陋室

戏题"情人节"

　　人告今日"情人节"，问送玫瑰否？无情人，玫瑰送谁？孤独之余，浮想联翩……

朱门有秀女，
仙姿胜幽兰。
秋波传情愫。
温柔醉客官。

无心出云岫，
有意续前缘。
行踪飘无定，
何时归故渊？

【后记】
　　意犹未尽，又撰一联：

情深深深到浓时归平淡
雨浓浓浓遇阳盛化云烟

作于2007年2月14日"情人节"

戏题浣溪山庄

某市建浣溪山庄，托人让余题词，于是戏作小诗以赠之：

淑女细浣香妃纱，
轻歌曼入百姓家。
山庄蕴玉增亮色，
绿水怀珠报喜花①。

【注释】
①陆机《文赋》有："石蕴玉而山辉，水怀珠而川媚"，后两句诗由此演化而来。

2001年12月1日作于北京斗室

戏题龙山宾馆（二首）

（一）

龙出东山腾祥瑞，
凰翔漳水求凤鸾。
轻舞瑶池饮琼液，
夜吟诗文卧未眠。

（二）

忽闻松林鸣高鹤，
又见彩虹倒天悬。
宾至如归诚待客，
财聚四海滚滚源。

2004年7月14日作于涉县龙山宾馆贵宾楼

夜读偶感

寂寂疏枝立寒门，
懒懒慵装待阳春。
含情欲诉家中事，
鹦鹉学舌岂敢鸣？

【注释】
鹦鹉，饶舌，好打小报告。

1991年1月18日深夜作于北京

游玉泉湖（二首）

——赠石岗村

（一）

八仙游玉泉，
流连忘归班。
愚公大写意，
田园如画卷。

（二）

远山生紫气。
近寺有佛缘①。
泛舟惊鱼跃，
沽客醉无眠！

【注释】
①远山，指韩王山，据传为韩信屯兵、练兵之处；近寺，指清
泉寺。

2004年7月8日游玉泉湖后作于涉县龙山宾馆

题某君失恋

百花凋零菊花残，
流光倏忽廿三年。
绵绵相思绵绵恨，
重重恋愁重重怨。

姗姗玉人姗姗去，
惨惨魂梦惨惨眠。
冰心谁怜实堪笑，
孤鬼遗荒咒逝川！

【后记】
　　1990年11月2日听某君倾诉20余年失恋之痛，感叹不已，以小诗记之。

1990年11月2日深夜作于北京

再题某君失恋

望断南天一片云，
忽闻碧水起歌声。
心随彩蝶迷桃苑，
浪拍三江逐早春。

此生未作比翼鸟，
来世岂化杜鹃魂？
悠悠往事成追忆，
缕缕愁思催泪痕！

2001年2月23日深夜作于北京

珠泪集 第四篇章 致知首重格物功

题玉簪花

月季千姿舞晨空，

美人娇态傲花丛^①。

洁身冷眼笑炎世，

香泻黄昏醉青蜂^②！

【注释】
①指美人蕉。
②玉簪花，百合科，叶丛生，卵呈心状形，开白花，洁白如
雪，黄昏有异香。群蜂独吮其汁，吾前所未见，心甚仰之。

1987年初秋夜作于总参一所

渔家傲

——宁波海渡舟山普陀山
朝拜观音菩萨感怀

浪拍海轮连海雾，仙岛隐若唯涛语。梦回千匝觅仙处，闻梵音，心如止水泪如注。

普度众生尽善举，菩提无树仁心居。但得九州同均富，风送暖，红云托起莲花去。

【注释】
　　普陀山传为观音菩萨显灵说法的道场，面积12.76平方公里，最高峰佛顶山，海拔291米。普陀山又称普陀岛，有普济寺、法雨寺、长生禅院、盘陀庵、灵石庵等寺庙和千步沙、潮音洞、梵音洞等胜景。与五台山、九华山、峨眉山合称中国佛教四大名山。在普陀，记者看到来自海内外善男信女，三步一跪上山朝拜观音，颇为感动。

　　1987年夏随首都新闻采访团赴舟山采访期间作于普陀山

赠觉清大师

永丰有宝塔[①]，

千载历艰辛。

佛光化夕照[②]，

万世暖苍生。

宗师主佛寺，

功德盖古今。

大彻传大道[③]，

玉宇皆澄清。

【注释】

①复州永丰塔为唐代所建，历经千年，而香火旺盛。

②"佛光夕照"，为永丰寺千古一景。

③永丰寺主持，也是北京云居寺主持释觉清大师，为国内大德高僧，知我母亲一生信佛，认为我有佛缘，经人推荐，特收我为俗家弟子，起法名"昌妙"，大师曰："妙字很好，妙转喜音"。为谢大师，当夜（2003年10月23日，农历癸未年九月廿八）吟诗以赠。"大彻"，大彻大悟，真正觉悟之意，暗含"觉"字；而最后一句，有"清"字，大师名号嵌入诗中。

2003年10月23日（农历癸未年九月廿八日）作于辽宁瓦房店市

重庆朝天门观嘉陵江、长江相汇感怀

重重浓雾锁山城，
两龙相汇朝天门①。
直奔夔门闯三峡②，
携云挟雨惠万民。

改革风雷蓄伟力，
神龙腾飞超群英。
浦东渝州掀巨浪③，
千秋基业留子孙。

【注释】
①"两龙相汇"，指嘉陵江、长江在重庆朝天门相汇。
②夔门，即瞿塘峡，因地当川东门户，故又称夔门。
③重庆又称渝州。

2008年4月15日（农历戊子年，即鼠年三月初十）作于重庆朝天门

醉酒歌

人生岁月有几何，
何不及时对酒歌。
功名利禄身外物，
孤高狂傲逐清波。

自古庸夫贪美色，
岂知色斧害身多。
风花雪月伤风化，
何如酒仙恣欢乐！

2008年元月20日（农历丁亥年十二月十三日）
20时至20:30时酒醉之作

竹 颂

文脉传承一天骄,
狂风怒吼自逍遥。
坚贞岂落松梅后,
咬定青山根基牢。

春寒料峭透春意,
新笋破土竞比高。
一夜春雷催春雨,
千里竹海响惊涛!

【注释】
　　作者在老家江西之井冈山、彭泽县和四川宜宾等地,均听到竹涛之怒吼,不亚于海涛。

1999年1月12日作, 2010年春修改于江西彭泽县农家小楼

第五篇章

晚来信步仍从容

创新创业者之歌

高新庆

你们是真正的创新创业者。你们怀着唐僧西天取经的虔诚,一路前行,义无反顾。

唐僧取经何止九九八十一难,穿过大沙漠,越过火焰山,跋涉千山万水,战妖斗怪,风餐露宿,披荆斩棘,忍受常人难以忍受的艰难困苦;一路遭暗算呵,还有女儿国招亲,白骨精化作美女的诱惑,幸亏徒儿孙悟空的火眼金睛和众徒儿众志成城,识妖魔,破妖术。三打白骨精,逐散各种妖风迷雾,正身正气,邪不侵身,上下求索,而终成正果;饱读万卷经,践行万里路,研读辩论,去粗取精,去伪存真,迢迢万里,白马驮回真经。又抛弃一切荣华富贵,甘心孤独,甘心寂寞,潜心翻译,释疑解惑,终于真经落根华夏,佛光普照,成为中华民族之文化瑰宝。此宝为国宝呵,弥久弥香,而愈见其光华。

何谓"真经"? "真经"者,真、善、美之谓也。而"真"指真理、真实、真谛、发展趋势、客观规律、自然法则是也。"朝闻道,夕死可也","砍头不要紧,只要主义真",说的就是为追求真经之"道",为追求成功之"道",而不惜献出一切,包括生命的奋斗精神。目光远大、艰苦奋斗、孜孜以求的创新创业者们,难道你们不是秉承这种精神和意志走过来的吗?

善,指慈悲之心,大慈大悲,大爱博爱,"老吾老以及人之老,幼吾幼以及人之幼"。像雷锋那样,一辈子做好事,不做坏事,扶危济困,救孤助寡,是大爱;汶川、玉树大地震，全党全军全民总动员，争分夺秒，救助生命，救助灾民，是大爱。唐僧取经和中国革命的实践，以及现实生活证明：魔鬼当道，邪恶横行，首要任务是除恶务尽。除恶才能扬善。李大钊、方志敏、瞿秋白、江姐、韩英，以及董存瑞、黄继光、邱少云、刘胡兰等无数革命先驱、革命先烈，为推翻压在中国人民头上的帝国主义、封建主义和官僚资本主义"三座大山"，为祖国的独立、人民解放、世界和平而英勇奋斗，慷慨悲歌，献出生命是大爱；钱学森、钱三强、钱伟长、邓稼先、孙家栋等"两弹一星"元勋和航天功臣，千万共同奋斗的科技工作者，以及杨利伟等宇航英雄，为了祖国强盛和巍然屹立于世界民族之林，丢掉国外的优厚待遇和城市安逸生活，长年累月在沙漠荒原，钻研、试验、辛劳，不计个人安危，不计个人待遇地位，为历经苦难的祖国和饱经磨难的中国人民，为科技强国，科技强军，立下了惊世殊功。他们是真正伟大的创新创业者，是真正的祖国功臣和人民英雄。只有真正无私，"上善若水"，大爱至仁的人，才能成为这样伟大的创新创业者，才能创造这样的盖世奇功。步其后尘的创新创业者们，难道他们不是你们心中的楷模？顺便说一句，为个人和家族利益而创新创业，亦无可厚非，但既便这样，也要明确自己的社会责任，不忘对祖国、对人民的赤子之诚。"国家兴亡，匹夫有责"，自古如此，何况当今！

美，是客观作用于主观，引起人们美好（包括善良、高尚）情感和愉悦、欢乐感觉的一种形态，是自然的人化，是人的内在本质对美的渴求的对象化和形象化。美，包括自然美、匀称美、和谐美、形态美、气质美、艺术美、完善美等等。创新创造者，求异求变求新，追求完美完善，白璧无瑕，实际也是追求创新创造之美。

真、善、美是互相联系，互为映衬、互有区别，又不可分割的整体，这也是创新创业者追求"真经"的要旨和真谛。

创新创业又是对希望和理想的追求，而这个理想和希望并不是遥不可及的，借用世纪伟人毛泽东的话，"它是站在海岸遥望海中已经看得见桅杆尖头了的一只航船，它是立于高山之巅远看东方已见光芒四射喷薄欲出的一轮朝日，它是躁动于母腹中的快要成熟了的一个婴儿"！

创新创业，也是凤凰涅槃、浴火重生。

"凤凰和鸣，

我们更生了，

我们更生了，

一切的一，更生了，

一的一切，更生了。"

"我们新鲜，我们净朗，

我们华美，我们芬芳，

一切的一，芬芳，

一的一切，芬芳"！

新时代的创新创业者们，你们听清楚了如此美妙的天籁之音吗？火中新生的凤凰正在九天之上翱翔，正在欢欢唧唧、殷殷切切地召唤着你们：努力呵，奋飞；奋飞呵，努力！

2010年7月7日下午3时至5时作于临沂市

宏艺公司大门楹联

上联：放眼寰宇，科技之春风景这边独
　　　好；
下联：登高望远，二次创业福满乾坤通
　　　赢。
横批：雄风万里

高新庆撰联

国庆节游雁栖湖有感
并赠赵洪义先生

雁栖湖上雁未归，

游子寻梦几时回？

酒饮千杯壮行色，

关山万里亮翅飞。

行军巧布人字阵，

归来划一紧相随。

长空留声了无憾，

蓄锐来年更有为！

【注释】
　　赵洪义是颇有成就、作为的新生代学者型企业家，
作者挚友。

2008年10月1日吟咏于北京怀柔雁栖湖畔，
完成于10月2日北京至山东临沂2269次航班飞机之上

题 "昆仑雪山" 灵璧宝石

——并赠宏艺公司老总赵洪义

天工雪雕莽昆仑，
横空出世镇乾坤。
玉龙飞起动风色，
紫气东来满园春！

2010年6月5日（农历庚寅年四月二十三日）题赠

咏 梅

——赠宏艺电源公司韩总莉莉女士

梅花报春不争春，

孤芳斗雪开锦屏。

疏影横斜香气远，

雪魂花魂化诗魂。

诗成漫天成皓洁，

清香浮动醉霜禽。

我欲因之梦寥廓，

山长水远蓄芳仁。

【后记】

　　2010年3月3日（农历庚寅年正月十八日）北京第一次春雪之夜有感而作，4月18日（农历庚寅年三月五日）修改于山东宏艺科技股份有限公司公寓楼。并应韩总之约，书赠韩总莉莉女士，以贺宏艺公司研发大楼落成，并祝赵总洪义和韩总莉莉夫妇，天行健，自强不息；厚德载物，仁义永存。

中秋赏月（二首）

——题中秋节与赵洪义君阖家欢宴、赏月，
并告慰家人及其他亲友

（一）

一跃出河汉，

圆魄泻碧空①。

嫦娥饮寂寥②，

起舞醉月宫。

（二）

人间存知己，

畅饮会豪雄。

良辰花月夜，

欢乐举家同。

【注释】

①圆魄：魄，指银色月光。

②传说，月宫有嫦娥、玉兔、吴刚和桂花树，毛主席《蝶
恋花》有"吴刚捧出桂花酒"名句。

农历庚寅年八月十五中秋节（2010年9月22日）
之夜即兴作于山东省临沂市

独坐聚贤亭

献给创新、创业者并应约题赠
青年才俊宋南京硕士

晚来信步仍从容，

石榴霞映别样红。

贤亭独坐听天籁，

生命之音妙不同。

道生万物物有道，

顺天应变变亦通。

英雄莫问前程路，

风云纵览在心中。

【后记】

　　是日黄昏之后，余披晚霞余辉，信步至宏艺科技股份有限公司南院聚贤亭，散步、独坐。余辉渐隐，而夜色渐浓。望浩瀚宇宙，繁星闪烁；听天籁之音，心醉神迷。诗情触发，吟咏而记之。特以此诗献给创新、创业者，并应约题赠青年才俊宋南京君，以期共勉。

　　　　2010年6月29日（农历庚寅年五月十八）作于临沂市

石榴赞

花开五月红似火，
日上三竿燃激情。
瑶池仙果甜心醉，
晶莹剔透总销魂！

农历庚寅年五月十三作于临沂市

铁树开花感怀

忽报铁树已开花，
雌雄并列映日霞。
龙鳞裹蕊雄心壮，
凤羽簇拥宫娥华！

东来紫气逢盛世，
西登泰山小天下。
齐天洪福因仁义，
上苍赐瑞贵无涯！

【注释】

铁树，又称"苏铁"、"凤尾松"、"凤尾焦"，雌雄异株。雄花由无数鳞片状雄蕊所成；雌花由一簇羽毛状心皮所成。心皮下部两缘生胚株数枚。种子呈核果状，微扁，朱红色，可食。茎髓可作淀粉，亦可食，叶可入药。铁树开花属罕见奇观。

宏艺科技股份有限公司大院雌雄铁树开花，亦属吉祥之兆。

农历庚寅年五月十三日作于临沂市

十六字令

忆，
梦游彭蠡泪沾衣。
风送笛，
何时归故里？

忆，
三月桃汛花情溢。
回程急，
相思枕边泣。

忆，
乱世风云愁别离。
情如纸，
春心和血啼。

【注释】
　　此小词为一段"不思量，却难忘"往事而作。

2010年5月9日夜作于山东临沂市

184

初恋之恋

别梦依稀应有年，
两鬓青丝已花斑。
犹记当年桃汛暖，
人面桃花醉春眠。

拂柳惜别踪无影，
山长水远梦难圆。
天遂人愿几时有？
一种相思别样缘！

【后话】

初恋之恋，像陈年美酒，使人沉醉；又像挥之不去的幽灵，若即若离，若隐若现；还像一堆乱麻，斩不断，理还乱，苦不堪言。

2010年7日15（农历庚寅年六月四日）凌晨3时
作于临沂市宏艺科技公司公寓楼

咏 菊（二首）

　　宏艺科技大院，满园菊花盛开，千姿百态，五彩缤纷，不是春光，胜似春光；余心旌摇动，如醉如痴，吟小诗以记之。

（一）

赤橙黄绿青紫蓝，

千姿百态斗霜寒。

微风摇动蕊香远，

蜂蝶痴迷唯此恋！

（二）

百花萧杀独争艳，

优势后发揽秋鲜。

牡丹谁谓真国色？

香魂游梦醉满园！

2010年11月3日（农历庚寅年九月二十七日）13时至14时，作于临沂市宏艺科技公司公寓楼。

暮春三月紫荆花开感怀

姹紫凝装迟迟开，
欲挽春色留人寰。
时客未解百花意，
情恋沂蒙满山峦。

【后记】

　　沂蒙，蒙山沂水简称。沂蒙，是抗日战争、解放战争时期的老革命根据地，称为"小延安"。沂蒙人民为中国的民族独立、民族解放事业作出过重大贡献；沂蒙精神，同井冈山精神、延安精神一样，鼓舞、激励着几代中华儿女为中华民族的独立、民主、自由、解放和伟大的复兴事业而不屈不挠地去奋斗、去牺牲，沂蒙精神将永远长留人间；而沂蒙深处，暮春三月，依然百花争妍，令人心向往之。

　　　　　　　　　　　　辛卯年（兔年）三月十五日作于临沂市

"文革"杂咏（二首）

（一）

乱世风云动京城，

红卫小将独逞能。

无情皮鞭摧花落，

花季少女成冤魂。①

哀哀寡母长夜泣，

凶凶恶煞索鞭金。

横扫一切天下乱，②

妖魔鬼蜮更横行。

（二）

口诛笔伐文字狱，

六月飞雪噤蝉声。③

人民总理乘鹤去，

声声泪雨伴雷鸣。④

元凶折戟埋荒野，⑤

奸党祸乱囚秦城。⑥
奋起千钧扫妖孽，⑦
朗朗乾坤又太平！

【注释】

①1966年5月16日，中央下发"5.16"通知，轰轰烈烈的"文化大革命"运动，简称"文革"，在全国开始展开。北京清华大学、北大等院校发起的红卫兵运动，从北京开始，迅速波及全国。以北京高干子弟为主的由红五类子弟组成的"联动"，开始在北京发威，剃阴阳头、剪喇叭裤，抄家，打人，成不可阻之势。人民日报社（时在王府井大街）斜对面的东安市场，夜夜有被鞭打者的啼号之声，本人白天曾闯入这一"禁地"，目睹一排人跪在地上；一女红兵进屋将军用挂包往桌上一甩说："这是胜利果实！"倒出一看，全是块块金光闪闪的金砖。北京展览馆曾筹办红卫兵战果展览，作者奉命采访，预展大厅内，古玩字画、宝石、玉瓶、名贵瓷器琳琅满目，而金砖更是堆积如山，后被周恩来总理知情，才制止这一次展览。联动发威之时，也是反动的"龙生龙，凤生凤，老鼠生儿打地洞"的"血统论"泛滥之时。北京灯市口女中十三、四岁一位初中女生，诬以"女流氓"、"反革命狗仔子"的莫须有罪名，被联动分子用皮鞭活活鞭挞而死，更有甚者，这帮坏蛋，还示威式地陈尸其母面前，索要皮鞭损失费！我奉命调查，邻居大爷、大娘纷纷愤慨地说："这女孩非常可爱、善良，很有教养、礼貌，胡同里的人都特喜欢这丫头。说女孩'女流氓'纯属诬陷，实际是因为他死

去的父亲曾划为历史反革命！""父亲是父亲嘛，这女孩总不是反革命嘛，打得皮开肉绽，如此惨死、冤死，这是暴行，是造孽，是比恶霸还恶霸的罪行！"我边听边记，悲愤之泪模糊了双眼。回来一反映，紧跟"四人帮"的当时人民日报的主要领导说，不许公开报道，也不许写内参！但这位少女的冤案，使我想起来就心痛。我总想找机会向社会揭露，否则我到死，心也不得安宁，总觉得很对不起这位花季少女的屈死冤魂。

②1966年6月1日，人民日报头版加框，发表了由中央文革领导小组组长陈伯达口授的《横扫一切牛鬼蛇神》的重要评论，一时间全国掀起了批判邓拓为首的"三家村"、批人民日报文艺副刊专栏《长短录》及一切不合林彪、"四人帮"口味的杂文、评论和文化艺术的高潮。全国性武斗、打人抄家，戴高帽、游街示众之风，越演越烈。这时，除批刘邓为首的走资派外，批知识分子，批"臭老九"作为另一个重点被推向高潮。我们这些年轻的知识分子，从此也成为被改造、批判的对象。

③窦娥之冤，诚感天地而六月飞雪；我反其意而用之，林彪、"四人帮"横行，如六月飞雪。"文革"中的文字狱造成的冤案，当时无处可诉，寒风肃杀，秋蝉噤声。"四人帮"在人民日报社批理论部为首的一股邪气、一股力量（实际是批胡绩伟老社长、老总编为代表的老同志），批以老总编李庄为首的"煤渣胡同"反党俱乐部，黑云滚滚，人民日报一时间二人以上不敢说话，否则要被追查为是反党俱乐部在搞串联。我因为参与了所谓"反党黑诗"《毛驴诗》的一句诗修改，被人告发，同时受到株连，不但受到单独开批判、帮助会的待遇，并再一次下放到干

校锻炼。在干校当劳动班长，带头干重活、累活；而雨天或晚上，还要开会对我进行批判、帮助，直到粉碎"四人帮"，才停止这这种名为"帮助"，实为批判的斗争生活。

④林彪摔死以后，"四人帮"因没夺到最高权力，把矛头直指独撑危局的周恩来总理，假借批孔名义，在全国掀起"批林、批孔、批周公"的邪恶运动；1975年同时掀起批"整顿为纲"，把矛头直指总理病重期间，刚刚复出、主持中央日常工作的邓小平以及主持军委日常工作的叶剑英元帅。人民的好总理周恩来于1976年1月8日，因癌症晚期，抢救无效而仙逝。人民群众十里长街自发挥泪送总理。"四人帮"不仅压制对总理悼念，降低对总理悼念的宣传规格；而且总理尸骨未寒，竟敢冒天下之大不韪，在总理悼念其间，在人民日报头版头条通栏，登载由他们指示炮制的清华大学的所谓"经验"的报道长文，把矛头指向总理。一下天怒人怨，人民忍无可忍，自发走向天安门广场。天安门广场一下成了花圈、花环、诗歌的海洋。一首首诗歌，一方面悼念，颂扬总理；一方面痛斥"四人帮"，犹如一把把匕首，刺向"四人帮"心脏。"四人帮"恼羞成怒，向革命群众痛下杀手，酿成震惊中外的镇压人民群众的"六四"天安门事件。"四人帮"中的文痞姚文元，一手掌控人民日报和中央宣传大权，公然篡改人民日报内参内容，把"天安门事件"说成邓小平操纵指使，从而导致邓小平被解除一切领导职务，保留党籍，以观后效。这次"天安门事件"，正如鲁迅一首诗所说："万家墨面没蒿莱，敢有歌吟动地哀；心事浩茫连广宇，于无声处听惊雷。""天安门事件"就是人民于"无声

处"发出的第一声惊雷！这为毛主席逝世以后，一举粉碎"四人帮"，奠定了坚实的群众基础和民心基础！

⑤元凶，指林彪。林彪、叶群、林立果策划了反革命的"571"工程，阴谋在毛主席视察大江南北期间，谋害毛主席，以夺取党政军最高领导权，但阴谋被毛主席洞察。阴谋败露以后，林彪、叶群、林立果等乘三叉戟专机仓惶从北戴河机场起飞北逃，因汽油不够，而摔死在蒙古人民共和国的温都尔汗。北逃期间，据说周总理曾请示主席，要不要拦截？主席说了一句：天要下雨，娘要嫁人，随他去吧！

⑥奸党，指"四人帮"王洪文、张春桥、江青、姚文远，他们四人结成"四人帮"，毛主席曾在政治局会上，多次批评他们，不要搞"四人帮"，他们对主席的话，同样置若周闻，依然结党营私。最后落得一个个关进北京秦城监狱，进而遭到人民法庭的公开审判，并判处重刑的可耻可悲下场。

⑦指华国锋在老帅叶剑英和汪东兴等支持、配合下，代表党中央将"四人帮"及上海的重要帮派骨干全部抓获，从而一举粉碎了"四人帮"。消息传出，锣鼓喧天，鞭炮齐鸣，举国欢腾。北京小贩把"三公一母"螃蟹捆绑一起叫卖："卖螃蟹啰，卖螃蟹啰，'三公一母'！"这表明人民对"四人帮"的痛恨和对粉碎"四人帮"这一伟大壮举，发自内心的拥护和欢欣鼓舞！

2010年7月19日（农历庚寅年六月八日）深夜作于临沂市

怒斥美国转嫁危机滥印美钞（二首）

（一）

大洋彼岸华盛顿，

金融风暴全球惊。

心怀歹毒生鬼计，

转嫁危机独逞能①。

（二）

滥印美钞鸣得意，

四面楚歌怨尤深。

运筹帷幄巧应对，

联合逐狼可共赢。

【注释】

①美国因监管不力，而爆发次贷危机，进而引发全球金融危机和经济危机；危机尚未过去，美国以一己之私利，以"量化宽松为名"，开动印票机，滥印美钞6000亿美元，实际让美元大大贬值，而让美元热钱游资冲击各国，特别是新兴市场国家；从而有利美出口贸易和提升就业率，美国以邻为壑政策，遭到各国的谴责和声讨，G20峰会，形成"1:19"的对阵架势。美国本想围攻人民币，联合他国逼人民币大幅升值，结果事与愿违，自己成了过街老鼠，成了人人喊打的角色，这叫"机关算尽太聪明，反误了卿卿性命"。

2010年11月12日于临沂市午饭后散步之作

沧海

珠泪集 第五篇章 晚来信步仍从容

宏艺之歌

蒙山沂水，孕育精华。宏艺员工，沂蒙儿女，志存高远，我们平凡又伟大，我们豪迈又潇洒。

蒙山沂水，物华天宝。宏艺员工，宏艺品牌，诚信为本，闯荡天下，我们英姿更勃发。

蒙山沂水，人杰地灵。宏艺员工，沂蒙儿女，务实创新，平凡创造伟大，我们豪迈又潇洒。

【后记】

这首歌词，已谱曲，成为宏艺科技股份有限公司正式的、每天必唱的公司之歌。

附：歌谱

聚贤亭楹联

天工毓秀蒙山沂水彰显千年灵气；
人文荟萃笃仁弘义引领百代风骚。

高新庆撰联
刘慎思手书

聚贤亭记

高新庆

记"聚贤亭"，想起王羲之的《兰亭序》，不能不说起临川、临沂。

蒙山沂水，山川秀丽，景色壮美，人文荟萃，这就是临沂市。可与之比美者，江西临川（今抚州）也。王勃的著名《滕王阁序》中有"邺水朱华，光照临川之笔"的名句，用以概括临沂叫"沂水朱华，光照临沂之笔"毫不过分。"书圣"王羲之，正生于斯，长于斯，而他著名的《兰亭序》书法，万古垂范，不朽之作，文与书法都是中华民族最为珍贵的文化瑰宝。无独有偶，王羲之曾在临川为官，临沂故居有王羲之洗砚池，临川亦有其洗砚池，两个洗砚池都有王羲之大写的"鹅"字，苍劲潇洒，风骨傲然，神韵无穷。

临川有灵气，人称"东方莎士比亚"的伟大戏剧家汤显祖就出生在临川，他的《临川四梦》，尤其《牡丹亭》，也是不朽的传世之作；而被列宁称为11世纪改革家的王安石，也出生在临川；唐宋八大家之一的曾巩出生在临川（抚州）南丰县；宋代著名诗人晏殊、晏几道父子也出生于临川，晏殊"无可奈何花落去，似曾相识燕归来"，堪称千古绝唱；南宋诗人陆游等亦在临川为官，写下了很多壮美诗篇。

临沂亦有灵气。不仅"书圣"王羲之生于临沂，三国时著名政治家、军事家、"智圣"诸葛亮也是临沂人士；更早的秦朝率30万大军击退匈奴、修万里长城的大将蒙恬；孔子的弟子仲由、曾子、荀子；大书法家王献之、颜真卿；以及著名文学家鲍照、昭明太子萧统……都是出生于临沂。故临川、临沂均为众星璀璨、人杰地灵。

宏艺科技（集团）公司，在临沂市河东区，即沂河之东也。分南院、北院，跨人民路，南北相对，绿荫如盖，绿草如茵，鸟语花香，环境幽雅而宜人。

"聚贤亭"坐落在南院科研楼东侧，花圃西侧。是一个有江南水乡风格的古色古香的、配有石桌石凳的休闲亭。水榭楼台，旁边连成一气的是砌成山东省地图形的人工金鱼池，算是半亩方塘吧。池内九龙喷水，鱼翻细浪，天光云影，美不胜收；池畔56座石砌栏杆，用链子相结，象征56个民族团结友爱，紧紧相连；池外，鸟鸣翠树，蝶舞花丛，清风送爽，一切显得和谐、宁静、安详。而风姿卓立的"聚贤亭"，莲花托顶，脊廊彩绘，瑞兽送瑞，凤凰来仪；红色立柱，绿色琉璃瓦，相映成趣；六角飞檐，八面来风，吞云吐雾，气宇非凡！正南面，高高的藤架上，爬满了紫罗兰。一夜春雨过后，争相吐芳：一如紫色云烟，飘逸潇洒；又似紫色瀑布，香泻晴空。

去年应宏艺科技公司老总赵洪义之邀，余观赏兴奋之余，欣然命笔，为"聚贤亭"作长联如下：

天工毓秀蒙山沂水彰显千年灵气；

人文荟萃笃仁弘义引领百代风骚。

此楹联经吾好友、原辽宁省军区政委、书法家刘慎思将军亲自手书，现以金字镌刻在"聚贤亭"正柱两侧。而额匾"聚贤亭"三个苍劲大字，亦为刘将军赐书。作此楹联时，是由突然想起王勃"光照临川之笔"名句引发的，并由此而联想到临川、临沂，井冈山、蒙山，抚河，沂河，都是山川秀美，人杰地灵。脑子灵光一闪，活脱脱蹦出上联："天工毓秀蒙山沂水彰显千年灵气"，期望宏艺科技公司藉"聚贤亭"修建之机，以赵总思贤若渴的精神，筑就"黄金台"，不拘一格，招揽天下贤士，齐聚宏艺，八仙过海，成就伟业。

余与赵总是忘年之交，被聘为公司高级顾问，具体帮助赵总作一些战略和宣传文化策划。"以人为本，和谐共荣，创新发展，再造辉煌"是宏艺科技公司的基本方针和宗旨，宏艺要建设的就是以人为本，以"仁"为中心的，包括仁、义、礼、智、信为内涵的"仁者爱人，和谐共荣，创新发展"的企业文化。而赵总是典型的山东汉子，诚实守信，笃仁行义，轻财重友，从谏如流。说他"高朋满座，胜友如云"，并不过分。记得有一天，就来了几拨专家、教授，有的谈合作，有的来参观、取经，不一而足。而宏艺科技创新团队，更是以全国顶尖教授、专家为核心的一流创新队伍。凡此种种，自然脑子涌出："人文荟萃笃仁弘义引领百代风骚"的下联。巧的是赵总，名洪义，与"宏艺"、"弘义"谐音，而赵总有时也把名字写成"弘义"，可见他生命和文化基因图谱中，"仁"与"义"是站主导地位。赵总以"仁"、"义"二字，荟萃人才；也以建设仁义文化成就百年基业。

　　有人评价这幅楹联：大气磅礴，意蕴深远。虽为过誉之辞，但余作此联初衷是希望给赵总、给宏艺科技公司带来灵气、福气、人气与吉祥，果如此，吾愿已足矣。是以为记。

2009年4月22日夜至23日晨作于临沂市

怡心亭楹联

上联：圣人清心，仁山智水，情寄所乐；
下联：大贤寡欲，和风皓月，志畅其怀。

高新庆撰联
刘慎思手书

怡心亭碑记

高新庆

　　为筑巢引凤，引进高水平高层次科技精英和其他创新创造人才，宏艺科技股份有限公司在全力打造以"仁和"、"义利"为核心的企业文化的同时，公司董事长兼总经理赵洪义先生特集巨资建"谋道堂"，与新建成的研发办公楼，一东一西，隔一马路相对应。取名"谋道堂"，有多重含义：孔子曰："道不同，不相为谋"，意与志同道合者谋之，此其一；含"大商谋道"之意，此处"道"指大道，即指企业和经商的大道，如掌控全局的能力、战略规划、对客观规律和发展趋势的正确认识与正确把握等，此其二；还含"君子爱财，取之有道"的意蕴，指取财要符合道义或义利原则，此其三。办公楼现代风格，敞亮气派；"谋道堂"，中式建筑，别墅小院。既有楼台亭阁，小桥流水，浓荫匝地；又有梅花吐芳，修竹伟列，松柏长青。其他奇花异草，也是多姿多彩，赏心悦目。小院西南角画廊尽处的怡心亭，别有风韵。和风顺畅，怡心养性；皓月临空，群英荟萃；举杯共饮，各抒其怀；仁者见仁，智者见智；仁智互见，慧星闪耀；清心寡欲，共谋发展；其乐融融，乐而忘归。赵总请余作楹联以衬其辉。余思虑再三，拟"圣人清心，仁山智水，情寄所乐（上联）；大贤寡欲，和风皓月，志畅其怀（下联）"楹联以贺。

2010年5月21日（农历庚寅年四月初八）深夜作于山东临沂市

直挂云帆济沧海

——高新庆记者生涯检索

了 然

假如没有理想，人生将会在浑浑噩噩中以苍白画上句号；假如有理想而不能付诸追求的行动，人生将会因一无所获而被时空遗忘。这就是志存高远与天道酬勤二者不可偏废的辩证法，以及人过留名，雁过留声质朴价值观的哲理启迪。

中学时代，高新庆钟情无冕之王这个称号。在他心目中，记者是未来的启明星，是现在的航标灯。所以，他始终做着记者梦，办板报、办校刊，对文学的酷爱，对作文的浓厚兴趣，均是在为圆记者梦构建人生理想大厦而筹集现实的砖瓦。填报高考志愿时，他毅然决然地选择了新闻专业，被江西大学新闻系录取。皇天不负苦心人，1965年7月大学毕业后，他因品学兼优被选拔进人民日报社。两个月之后，被派遣到抗美援越前线，当了一名随军锻炼的见习记者。翌年，人民日报社将其紧急召回，领号召要积极投身"文化大革命"的运动。热血沸腾但政治幼稚的年青人，只要毛主席一声令下，可以上刀山，下火海，抛头颅，洒热血。所以，一开始，他也想在"文革"的战场上纵横驰骋，以报答党和国家对他的培养。然而形势的发展让他很快意识到，这一"革命"很大程度上是场动机与效果难以吻合的悲剧，短时间血与火的洗礼，记者的良知促成了他由迷茫到觉醒，《文革杂咏》二首诗，记载下这一觉醒的过程。由于他反对打人、抄家，同情、保护老干部，在人民日报社内部几次被批判，在社外采访，屡遭造反派的围攻。原新华社社长兼人民日报总编辑吴冷西同志说："文革中人民日报年轻同志也有好的，高新庆同志就是一个"，简短、质朴的评语，是对高新庆在文革期间的表现与人品所给予的一份最为有力的鉴定。

所谓时势造英雄，精英记者均是以卓越的思想底蕴见称于世。高新庆作为人民日报社的一名资深高级记者，长期的采访实践，复杂而尖锐的政治斗争环境，不仅使他学会了独立思考，促成了他在政治上的成熟，同时，更能站在一个更高的层面上，去审视、检讨、反思十年动乱给党和国家以及国民经济所造成的灾难性后果，完成了精英记者的思想积淀。同时，也使他对记者的职责有了本质上的认识：记者的职责就是为民请命，为时代的进步与发展鼓与呼；成熟的、有独立思考能力的记者应当是具有远见卓识、擅长高屋建瓴、善于战略思维的谋略家与思想家。

"文革"结束，在意识形态领域的突出表现便是思想的解放与政治氛围的宽松。在这一背景条件下，使高新庆能以人民日报为平台，将前瞻性的思想转化为时文，为时代车轮的运行铺设轨道，可以这么说，在党和国家工作重心转移，改革开放这一重要的历史转轨期，每当国家有重大治国安邦举措的出台，这之前都能从报端上读到高新庆鸣锣开道的文章。

十年动乱，使国民经济濒临崩溃的边缘，"文革"结束，治国安邦第一要务便是要恢复生产。于是1977年3月2日人民日报一版头条刊登了高新庆采写的、由当时总编胡绩伟、副总编李庄亲自审定、修改的新闻《徐州铁路分局顶住"四害"由乱到治》及配套评论《要大治，要敢治》，揭批林彪"四人帮"搞乱三州（郑州、徐州、兰州），瘫痪整个国民经济大动脉，进而搞乱全国，乱中夺权的阴谋，表扬徐州铁路分局在小平、万里同志支持下，顶住"四害"，由乱到治的事迹。新华社发通稿，当天中央电台头条广播，使全国各条战线认识到恢复生产、发展经济，是治疗十年动乱创伤的一剂良药。

　　"四人帮"在"文革"中，最为严重的罪行是搞乱了思想，搞乱了理论，从组织上粉碎"四人帮"不难，难的是从思想上、理论上拨乱反正。于是，1977年10月9日人民日报一版头条发表了高新庆采写的长篇经验式评述性新闻《打一场肃清"四人帮"流毒的人民战争》，新华社发通稿，全国报纸全文转载，文章中，高新庆提炼了如下新闻导语："揭批'四人帮'这场斗争，没有当年打日本、打蒋介石、推翻三座大山那样的气势是不行的；没有当年搞土改、控诉黄世仁、南霸天那样的阶级仇恨是不行的；没有当年大庆会战那种彻底革命精神，也是不行的。如果对'四人帮'恨得不深，斗得不狠，领导不坚决，群众发动不广泛，那么，流毒就肃不清"。这段精辟的导语，准确道出了全党、全军、全国人民的共同心声。在中央党校开学典礼上，时任中共中央主席、国务院总理、中央军委主席的华国锋同志亲自念了这段导语，号召全党全国认真学习和积极推广石油部揭批"四人帮"的经验。《解放军报》在《领导要坚决》的评论员文章中，全文引用了这条导语，认为"这些话确实敲到了点子上"，号召部队团以上党委和领导干部都要好好想一想这些话，带领全体指战员，把揭批"四人帮"的斗争搞深搞透。应当说，这篇文章对动员全党、全军、全国人民同仇敌忾揭批"四人帮"的斗争起到了巨大的推动作用。

恢复国民经济的元气，首先要抓工交生产，高新庆意识到工交生产对恢复国民经济起举足轻重的决定性作用。于是撰写了两篇重头评论，1978年7月15日，同一天在人民日报一版、二版见报，一版社论《生产要上去，领导干部要下去》，号召动员部省一级领导干部，带头改变领导作风，深入生产一线，亲自抓经济、抓生产，社论的标题，直接成为各地宣传口号，刷在墙上；二版评论员文章《工交战线肃清"四人帮"流毒的严重任务》，批判了林彪、"四人帮"全盘否定工交战线17年成就，鼓吹对着干的罪行，第一次宣传小平同志揭批"四人帮"要联系批林的观点，引导舆论关注林彪、"四人帮"反党集团的内在联系。

在揭批"四人帮"的斗争中，高新庆敏感地关注到随着斗争的深入，存在着打击面过宽的现象。在人民日报社主要领导胡绩伟、李庄同志支持下，精心组织采写了长篇经验式新闻《认真做好犯严重错误同志的思想转化工作——石油部在抓好揭批查斗争中，注意扩大教育面，缩小打击面，团结大多数》，1978年11月8日，在人民日报一版头条登载，同时，一版还以三分之一的版面配发了高新庆撰写的重要社论《揭批运动越深入越要重视团结大多数》。胡耀邦同志听到广播后，当天在全国老干部座谈会上肯定了这组报道，说揭批斗争中要重视团结大多数，打击面要小，教育面要宽。文章见报后，社会反响很大，许多读者纷纷来信，认为文章对纠正揭批运动中所存在的以左反左倾向，促进转化、稳定局势，推动中心工作向经济转移起到了积极的推动作用。

十一届三中全会做出了实行改革开放的决定，高新庆又以满腔热情、全力宣传改革开放，发表的许多时文在全国产生过广泛深远的影响。

1979年2月5日人民日报一版头条登载的高新庆采写的新闻《用经济的方法管理经济就是好》，以及一版高新庆撰写的配套评论《要有"第一次吃螃蟹"的勇气》，鼓励发挥第一次吃螃蟹、敢为天下先的精神，不迷信，不守旧，不僵化，勇于思考，勇于探索，勇于创新，大胆改革。批评怕和等的思想，号召"改革的步子迈得快些、更快些"，对改革开放起到了极大的推动作用，使"第一次吃螃蟹"精神成为改革开放时期使用频率特别高的时代语言。当年，全国教材会便将这篇评论员文章编入职业中学语文课本。

在改革开放之初，高新庆根据小平同志视察首钢的讲话精神，深入采访、调查，采写并连续发表了《选择伯乐的风波》、《百步之内必有芳草》、《职工是企业的主人》等通讯、社论，第一次成功宣传了首钢"责、权、利"相结合的工业改革的经验，推动了全国企业和整个工交战线改革的发展，在报社内以及全国引起了强烈反响，福建省委书记项南亲自撰文推荐首钢经验，其他一些省也发文推广学习。

实事求是是党的优良传统，但实际工作中欺上瞒下、说假话的现象普遍存在。高新庆在榆树采访时，发现这个全国商品粮第一大县，由于推行学大寨一套极左的东西，加上高指标、瞎指挥，负债累累，人民吃尽了苦头，于是采写了《从"大寨"县到"大债"县——来自吉林榆树县的报告》以及《解放大豆之乡》的通讯与评论，在吉林省引起强烈反响，有人称在吉林放了一颗舆论"原子弹"，榆树城乡干部群众自发讨论了二十多天，省委领导亲自带工作组去纠正榆树的极左错误，榆树县委宣传部同志给报社写信，称赞通讯、评论说出了榆树百姓心里话，并称高新庆为真正的"人民的记者"。

1981年，高新庆奉命去江西筹建人民日报社江西记者站，他是第一个站出来，用新闻、通讯、评论支持江西农民搞"双包"责任制的记者，之后又连续采写了一系列报道、评论，对农业承包责任制的建立、巩固与完善作了前瞻性的报道和深刻阐述，推动了江西以及全国农村改革的发展。为波澜壮阔的农村改革作出了突出贡献。

1997年7月28日，人民日报一版头条登载了高新庆采写的长篇通讯《敢问路在何方——南昌市国有企业深化改革纪实》及《一分落实　一分收获》的评论，结合南昌实践经验，全面阐述国有企业走出困境、深化改革的思路和办法，第一次明确提出国有企业可以实行多种所有制改革。

此外，还率先宣传船舶工业、烟台住房制度改革和其他部门、地区的改革经验，受到国务院有关部委的表扬。

在改革开放、发展经济的大背景下，高新庆对物质文明与精神文明建设二者的关系有过自己的深刻思考。1983年5月13日，人民日报同时在一版、二版登载了高新庆全面总结三明市两个文明一起抓的经验文章。一版头条新闻及《振奋人心的启示》评论，二版长篇通讯《三明市的变化》，全面阐述了以精神文明为导向，以物质文明为基础，两个文明互相影响，互相促进的辩证关系，极大地推进了全国两个文明建设。

与此同时，高新庆又以满腔热忱大力讴歌社会主义建设和改革、开放的先进模范人物，采写了各种通讯百余篇。这期间，更将关注的目光聚焦到高科技领域的领军人物。1989年9月24日，人民日报发表的长篇通讯《飞天梦——记运载火箭总设计师黄纬禄》便是出自高的手笔。当年便被收入全国中学语文补充课本。

由于高新庆敏锐的眼光，深邃的思想，不凡的见识以及出色的编、采、评能力，所以，人民日报社的领导将党的十三大、全国人大、全国政协等重要的采访任务交由他去完成，分别担任过人民日报十三大报道组长，多届两会记者组组长，组织撰写过大量会议新闻、通讯，成为不可多得的历史华章。

1984年至1985年，高新庆根据中央和中组部、报社领导的布置，以人民日报一版头条新闻配重要评论的形式，出色完成了石油部、邮电部、煤炭部、江苏省、四川省等几个部、省整党和调整领导班子的经验的采写任务，推动了整党深入和全国省部级领导班子的调整。

在人民日报社，高新庆所采写的通讯、报道、政论、时评等文章，与时代脉搏共跳动，是对党和国家工作重心转移、改革开放这段历史的深入直观解读。可以这样说，是伟大的时代让高新庆饮誉驰名。也许后人在研究中国改革开放发展史时，会惊奇地发现，高新庆以其为民请命的胆略气魄，政治敏锐，独立思考，前瞻性思维的特质和所作出的重大贡献，在中国新闻史上应该占有一席之地。

在高新庆所追求的新闻事业如日中天时，2001年一道退休手续无异封堵了他才思泉涌的泉眼。然而，老骥伏枥，消磨不了千里之志，仍会不待扬鞭自奋蹄。先是应聘主编人民日报海外版经济版一个版，又受聘亚洲资本论坛当高级顾问，并为《亚洲资本论坛》杂志，撰写了大量脍炙人口的通讯、述评。紧接着被山东宏艺科技股份有限公司董事长兼总经理赵洪义先生聘为高级顾问，主持企业战略、方针和文化宣传策划。并在宏艺法人代表等的大力支持下，创办了一份《宏艺科技》企业报和创新创业者协会主办的《创新创业报》，直观地诠释他对企业报、协会报的办报方向、宗旨，以及企业报的功能作用所形成的成熟思路与独到见解，用正确舆论导引企业、协会，沿着正确的轨道发展前进。高新庆还主编过一些大型工具书，参与了《中国大百科全书》词条的写作。

"问渠那得清如许，为有源头活水来"。高新庆靠德艺双馨在新闻界赢得了声誉，获得了认同。寻流溯源，是以下几个方面的因素融和之果：一是家教的渊源使其始终保有善根；二是民族传统文化铸造了他的人品；三是记者为民请命的职业道德激发了他的勇气和豪情；四是对党、对国家、对人民的高度责任感既鞭策他奋发努力，又拓展了他的胸襟和情怀；五是伟大的时代与特殊的阅历使他具备了极强的独立思考能力；六是勤奋好学，博览群书增进了他的学识；七是笔耕不辍升华了他的才情；八是人民日报这个重要舆论阵地，成就了他的政治意识、战略意识、全局意识和广阔的视野。

诗如其人，读高新庆的诗作，如能概略地了解高新庆生平、为人和他不失辉煌而又艰难困苦、跌宕起伏的人生，也许才能真正品出其诗的韵味、诗情，品出意境来。

滴水铭（后记）

家父高新庆的《沧海珠泪集》在辛卯年终于出版面世了。玉兔居月、蟾宫折桂，天缘巧合，想必是上天对家父才情的赞许与垂怜。企盼读者能从一首首滚烫诗作中，品出这位当代著名记者、诗人、才子的大爱情怀。作为女儿，手捧这部诗集，此时此刻的心情不仅也可用"沧海月明珠有泪"比况，同时，更想起《红灯记》李铁梅的一段唱词："家传的红灯有一盏，爹爹呀，您的财宝车儿装、船儿载，千车也装不尽，万船也载不完"，薪火相传当以精神财富为接力棒，女儿懂得这笔精神财富的价值。

家父没有留给女儿可向世俗炫耀的物质财富，但却以这部诗集为存折，储蓄了卓尔超群的成熟思想，历经磨难的铮铮铁骨，刚正不阿的凛然正气，孝悌忠信的人品节操，忧国忧民的儒者风范，以及慈悲为怀的济世志向，堪称无价，垂则儿孙。

佛教讲没有因缘和合，就没有宇宙间万事万物的生成。女儿深知，这部诗集的出版，也是家父众多挚友、至亲心血的结晶：如果没有人民日报资深老编辑、革命老前辈赵培兰奶奶的鼓励、鞭策，没有国家新闻出版总署副署长李东东阿姨、人民出版社社长黄书元叔叔、人民东方（书业）有限公司总裁王德树叔叔、山东宏艺科技股份有限公司董事长兼总经理赵洪义兄长的鼎力支持、帮助与筹划，没有责任编辑李斌、张旭的精心编排，诗稿不可能及时、高效、高质量地出版发行；这里还要特别感谢家父挚友、中共辽宁省委原常委、省军区政委刘慎思将军伯伯作序、赐书，从而令家父诗词更增光辉和亮色。而家父忘年至交，对中国传统文化有深入研究和重大建树的"草根学者"阳明宇叔叔则对编集诗词倾注了大量心血，并对诗词作了深刻的诠释和启迪心智的解读，令我们全家十分感动。此外，家母尤振兰基于对家父诗词的热爱，对原始诗作予以精心保存收藏，为诗词出版贡献良多。为此，在诗词问世之际，作为诗词作者的女儿，在获得这笔宝贵精神财富的同时，首先以我们自己的名义并代表家父由衷地向诸位前辈、挚友、至亲致以谢忱，并虔诚地为本诗集有缘的一切人祈求福报。

诗作者女儿：高瑞　高汾

辛卯年夏日于北京

图书在版编目（CIP）数据

沧海珠泪集 / 高新庆著 . — 北京 ：东方出版社,2011.8

ISBN 978-7-5060-4233-8

Ⅰ．①沧… Ⅱ．①高… Ⅲ．①诗词-作品集-中国-当代 Ⅳ．①I227

中国版本图书馆CIP数据核字（2011）第115155号

沧海珠泪集

CANGHAI ZHU LEI JI

高新庆　著

策划编辑	王德树
责任编辑	李斌　张旭
装帧设计	高瑞
出版发行	东方出版社
地　　址	北京市朝阳门内大街166号
邮　　编	100706
邮购电话	（010）65250042/65289539
印　　刷	北京京都六环印刷厂
经　　销	新华书店
版　　次	2011年8月第1版　2011年8月北京第1次印刷
字　　数	104千字
开　　本	710毫米×1000毫米　1/16
印　　张	14　彩插8页
书　　号	ISBN 978-7-5060-4233-8
定　　价	48.00元